Kadokawa Fantastic Novels
U0045777
公爵千金的本領 6
公爵夫人的本領

Mellice
【梅露莉絲】
Gazelle
【卡傑爾】
Meliruda
【梅莉露妲】

Romeru
【羅玫爾】
Louis
【路易】
Parks
【帕克斯】

目錄

公爵千金的本領

Illustration／双葉はづき

Kadokawa Fantastic Novels

公爵千金的本領

梅露莉絲的女兒——艾莉絲為主角。描寫她跨過反派千金的名聲，抓住幸福的故事。

親子

夫妻

長男◆耶皮斯
長女◆璐琪

艾莉絲·菈那·阿爾梅利亞
擁有前世記憶的公爵千金。

亞爾弗列德
前塔斯梅利亞國第一王子。

姊弟

兄妹

夫妻

貝倫·特西·阿爾梅利亞
將家主之位讓給艾莉絲，成為蕾蒂西亞的丈夫。

蕾蒂西亞
承繼亞爾弗列德的意志，繼承王位。

character 人物介紹

克洛依茲
卡傑爾的左右手。

卡琉伊夫人
王都的護衛隊常去店家的老闆娘。

露露麗亞
卡琉伊夫人店裡的員工。

公爵夫人的本領

公爵夫人的本領篇描寫的是本篇主角艾莉絲的母親——梅露莉絲的少女時代。

梅露莉絲·蕾潔·安德森

擁有天賦的劍術才能，為了某個目的磨練本領。

路易·德·阿爾梅利亞

為了實現自己的理想，協助身為宰相的父親。

父親

父親

哥哥

卡傑爾·達茲·安德森

不僅是救國英雄，也是塔斯梅利亞的國軍將軍。

羅玫爾·齊普·阿爾梅利亞

精明能幹的塔斯梅利亞國宰相。

帕克斯·泰斯·安德森

梅露莉絲的哥哥。有戰略才能。

伽利亞

安德森侯爵家私人士兵——別名護衛隊的隊長。

休雷

安德森侯爵家私人士兵——別名護衛隊的副隊長。

彩頁、內文插畫／双葉はづき

序章　大小姐，很感興趣

「哎呀，好久不見了，小艾。」

母親大人開朗的笑容，讓我稍微感到安心。

「久疏問候了，母親大人。」

「這次要在王都待多久？」

「總之大概是一個星期。我想參加完典禮和幾個晚會以後就趕回去。」

「哎呀，這樣啊……唔，我明白不想跟老公分開的心情，這也沒辦法呢。」

呵呵呵……看著如此笑道的母親大人，我忍不住紅了臉。

老實說，我到現在都還不太習慣這類話題。

「孩子們呢？」

「耶皮斯留在領地努力學習。璐琪的話……唉。」

「哎呀，璐琪有什麼問題嗎？」

「她身體健康，是個誠實的好孩子。可是……」

母親大人對著忍不住欲言又止的我，露出嚴肅的表情。

「她對於女孩子學的那種東西一點都不感興趣，卻相當熱衷於練習武術。」

「哎呀……」

母親大人聽見我的話笑了笑。

但是由身為璐琪母親的我看來，卻是笑不出來的事。

能夠健健康康地過日子是最好的了。

之後只要能照自己的想法選擇自己的將來就好。

那是我對孩子們的想法，毫無虛假。

只是雖然並非虛假……然而一旦想到「長大成人以後的事」，就會不由得囉嗦地念東念西。

「她是在學耶皮斯吧？我記得曾聽說過耶皮斯拜萊爾和迪達為師父了？」

「起初大概是那樣。可是……在不知不覺間，卻變得一直在練武……」

已經可說是變得醒著的時候幾乎只有在練武。

「考慮到那孩子將來要進社交界的話，明明趕快學會那些技巧比較好。不敢說要到母親大人您那種程度，但再這樣下去實在令人憂心。」

總有一天，不管願不願意璐琪都得出席貴族的社交場合。

前往那種場合，不僅因身為阿爾梅利亞公爵家主人，會要求她得有一定的水準，更重要的是

身為母親，不希望她本人留下丟臉的記憶，所以希望她能學一學。

然而我說的話，卻讓母親大人開懷大笑。

「小艾，我以前可能說過，我在璐琪這個年紀的時候也一樣盡是在練武。說起來……大概是進入社交界一年前吧，我才認真學起社交界的種種規矩。」

「……咦！」

我感到震撼。畢竟母親大人是享譽盛名的社交界之花。

不光一舉手一投足都相當優雅，就連品味也是出類拔萃。

甚至傳聞不分男女老幼，都會憧憬母親大人。

「……如此說來，我也沒什麼聽母親大人您說過小時候的事情呢。」

第一次聽到應該是我感到迷惘之際，她帶我到塔上的那時候。

除了那次以外，我幾乎沒聽過母親大人的往事。

這麼一想，便對母親大人的過往湧出興趣。

母親大人究竟為什麼會那麼強大呢？

她究竟為什麼甚至被稱為社交界之花呢？

「如果母親大人您方便的話，可以告訴我您過去的事嗎？」

「說起來……」母親大人面露苦笑說起了故事。

……說起了關於這個國家幕後英雄的故事。

第一章　夫人的軌跡

鐘聲響起。

莊嚴又沉悶……是喪鐘。

「……母親大人……」

我對著在棺材中沉睡的母親大人說話。

可是她絕對不會回應我的呼喚。

就算知道，一看到像在沉睡的母親大人，我還是期待著如果一直呼喚，她是不是就會睜開眼睛。

但是母親大人的眼睛果然還是沒有睜開。

就算我流著眼淚抱住她，只要沒辦法逆轉時間……就無法再看見母親大人的笑容，聽見她的聲音。

擺在眼前的現實，令我流出了眼淚。

我的身體自己動了起來，為了緊抓不放而靠近母親大人的身旁。

觸摸到母親大人冰冷的身體，我便體會到這不是作夢。

……我的名字叫梅露莉絲。

梅露莉絲．蕾潔．安德森。

是安德森侯爵家的獨生女。

父親大人是這個國家——塔斯梅利亞王國賜予領地的安德森侯爵家的主人，也是英雄。

總是笑得很豪爽的父親大人，現在情緒也相當消沉。

哥哥也在一旁嚎啕大哭。

「身為武藝遠近馳名安德森家的男子，不能因為那種事而哭。」

會說著那種話大聲鼓勵自己的母親大人，已經不在了。

……因為她身在永遠不會再醒來的夢中，這也理所當然。

能聽見從周遭傳來的啜泣聲。

她是個溫柔又出色的母親。

是會傾聽每個人所說的話，並且毫不吝惜對人溫柔的人。

但為什麼……

為什麼母親大人非得遇上這種事……！

悲傷的情緒驟然一變，強烈的憤怒占據了我的心。

……這個世界蠻不講理。

我明白了那件事。不對……是被迫明白了。

我緊緊咬住嘴唇，制止自己想要大喊的衝動。

鐵鏽味在口中蔓延開來。

「……梅莉，妳現在能否只想著妳的母親呢？」

父親大人的話語把我拉回了現實之中。

……父親大人是不是會讀我的心？

那般問題掠過腦袋，但如今那種瑣事根本無所謂，我再次將注意力僅放在母親大人上。

「……母親大人……」

我低喃道。

對於我的呼喚，當然不會有人回應。

還沒停下的眼淚又再次潰堤。

外面是烏雲密布的天空。

簡直像在表達大家的悲傷那樣，淅淅瀝瀝地下起了雨。

我閉上眼睛，祈禱母親大人能夠安息。

當我猛然睜開眼睛之際，視野中出現了父親大人的身影。

與此同時，我發現了。

從未在我們面前落淚的父親大人，有水滴沿著他的臉頰流下。

†††

我所居住的塔斯梅利亞王國，直到十幾年前都還在跟鄰國多瓦伊魯國打仗。

多瓦伊魯國位於塔斯梅利亞王國的西北方，土地的特色是很難種植作物，話雖如此也沒有值錢的礦產，是個貧窮的國家。

就因為這樣——

多瓦伊魯國盯上這個國家肥沃的土地，發動了攻擊。

沒有開戰宣言，是突如其來的侵略。

塔斯梅利亞王國自然無法好好應對，好幾處土地遭到了蹂躪。

配置的國軍以及領主的私人士兵們遭到一一擊潰的結果，是瑟茲伯爵家徹底被敵國占領。

就在隔壁的蒙洛伯爵家領地遭到來自北方和西方兩面夾攻，處境不利之時——

國家下令要父親大人的隊伍奪回舊瑟茲領。

父親大人以國軍第一大隊隊長的身分，率領一個部隊前往戰地。

若問父親大人身為侯爵家的嫡子，為什麼會分發到激戰區？答案是因為他隸屬的單位。

一般來說，貴族的兒子都會隸屬於負責保護王都和王族的騎士團。

而且都是以戰功為目標的二男、三男，幾乎不會有嫡子。

明明如此，父親大人卻只因為「貴族社會太過古板」這個理由，就非騎士團而是入了國軍。

而且還不顧自己是個嫡子。

國軍主要的任務是守衛國境和維持國內治安。

國軍和騎士團可說是水火不容，騎士團看不起國軍是「頭腦簡單四肢發達的一群傢伙」，國軍則看不起騎士團是「不懂實戰的小少爺」。

……在這種情況下，真虧父親大人身為貴族……而且還是侯爵家的嫡子，會想加入主要由平民組成的國軍。

實際上，我聽說他在剛入伍時相當辛苦。

國軍內部似乎因為貴族入伍有過強烈牴觸，侯爵家也極力反對。

尤其是侯爵家還鬧出廢嫡騷動。

話雖如此，據說父親大人根本不管什麼家族的事情，在軍中以自身的實力，穩紮穩打地建立著自己的地位。

國軍不問身分廣開門戶。

由於不問貴賤，反過來說軍中是徹底的實力主義。
因此在父親的實力之前，牴觸並沒有持續多久。
問題出在侯爵家。
最終雖然沒有逐出家門，但還是遭到廢嫡，讓二男繼承了侯爵家。
父親大人對於地位並無執著，也自然而然地接受了這件事。
祖父大人的判斷是正確的。
無論如何，一旦隸屬於軍隊，就不知道什麼時候會丟了性命。
況且就算是武家，讓並非加入騎士團而是加入國軍的父親當繼承人，傳出去讓其他貴族聽到也不好。
……只不過那些事的前提，是沒有父親大人這等實力。
父親大人僅僅用一支部隊就成功奪回了舊瑟茲領，將防守交給後頭跟上的其他部隊以後，便直接往西走。
和遭到壓制的蒙洛伯爵領私人士兵及派遣到那邊的國軍會合，達成了擊退敵人的壯舉。
砍下的敵將首級多不勝數。
他立的戰功，足以被讚頌為英雄。
國軍內部自不在話下，由於雖身為貴族卻在戰地立下戰功，以及原本身為將領的領袖魅力，就連在騎士團裡，父親也成為憧憬的目標……我是這麼聽說的。

於是乎，那樣的父親大人不可能在身為武家的安德森侯爵家沒有一席之地。

父親大人再次成為了下一任領主。

本以為接下來會有一番爭執，然而英雄的頭銜很有分量，大家似乎自然地接受了。

相反吃了大苦頭的，據說是跟母親大人之間的婚姻。

母親大人是男爵家的女兒。

他們並沒有告訴我相識的經過，但聽說是談了場轟轟烈烈的戀愛後互許終身。

如果還是廢嫡的話就沒問題，但身為稀世英雄又是侯爵家的下一任主人——門不當又戶不對。

英雄這個頭銜的分量，此時發揮了反作用力。

舉國上下，想跟父親大人經由婚姻締結秦晉之好的貴族家族多不勝數。

就連在安德森侯爵家中，好像也有不少反對的聲音。

聽說結果隨著父親大人「如果不能跟梅莉露妲結婚，就離開國軍」的一句話後，騷動就平息下來了。

事到如今，這成了明白父親大人有多麼鍾情於母親大人，與其說是讓人感到暖心，不如說是感到難為情的小故事。

他們兩人歷經那樣轟轟烈烈的戀愛之後結為連理……當然就算生下了哥哥或是我，他們依然是對恩愛夫妻。

有時候還會恩愛到讓哥哥和我不禁扭過頭移開視線。

那個粗俗的父親大人，只會在母親大人面前變得很可愛……跟在軍中的父親大人的差距，大到身為父親心腹的部下梅西男爵來我家時，視線都會不禁飄往毫不相干的方向。

母親大人真的是一名出色的女性。

既穩重又溫柔。

嫁進侯爵家想必有許多辛酸，但她總是露出柔和的笑容。

儘管如此，她不愧身為父親大人的妻子，膽量很大。

雖說是濺到身上的血，但看到渾身是血的父親大人，知道沒有受傷之後——「哎呀呀，真是的。我馬上去準備熱水。」她說出這句話笑著迎接他。

哥哥和我都對此大感吃驚。

不不不，父親大人明明在軍部設施洗去濺到身上的血不就好了……哥哥和我在內心吐嘈道。

結婚紀念日那天，因為想跟母親大人一起度過，父親大人請了假。

但是在國軍弟兄的哀求之下，他無可奈何只好去工作，聽說為了任務一結束就能回來，他把報告交給部下直接就回來了……可是在世上哪裡會有在結婚紀念日滿身是血回家的丈夫啊。

不過那對我家來說理所當然。

有父親大人、母親大人和哥哥。

儘管以侯爵家來說，感覺有失規矩。

即使如此，這也是個非常……非常幸福的家庭。

……直到那一天為止。

母親大人去世那天的事，我絕對無法忘懷。

「哥哥，母親大人還沒到嗎？」

「梅莉妳從剛剛開始就一直問。不久前妳也才問過。如果按照計畫，應該到我們前方的領地附近了吧。好啦，妳就乖乖等著吧。」

我和哥哥開心地等待著母親大人從王都回到領地。

母親大人為了慶祝我的生日，答應拋下父親大人，先從王都回到領地。

父親大人因為有重要的典禮，所以變成之後才會跟著過來……但即使如此，就算只有母親大人先回來，我也覺得非常高興。

「啊，肯定是母親大人啦……！」

宅邸突然變得吵吵鬧鬧的，我便跑到了玄關去。

不過母親大人並不在那裡。

取而代之的，是有個滿身是血的男人。
然後，他還抱著一名滿身是血的女性。
「你……這究竟是怎麼了……梅莉露妲夫人！」
叫聲刺進我的耳朵。
母親大人……？那個失去力氣被抱住的女性，是母親大人嗎……？
我像是結冰了一樣，當場無法動彈。
只是遠遠地在一旁看著那場騷動。
「趕快治療！叫醫生過來！」
僕役們手忙腳亂地動了起來。
男人將母親大人託付給僕役之後當場倒下。
「你也受了重傷啊！得趕緊治療才行！」
「比起我，先救梅莉露妲夫人……」
「當然，我們會立刻醫治夫人。可是你再這樣下去的話……」
「……已經……」
從說話很艱辛的男人身上，不斷流出鮮血。
證據就是地板上漸漸染成一片紅。

「我們遭到山賊襲擊……除了我以外的護衛全死了。總算是把梅莉露妲夫人帶回來了……梅莉露妲夫人人呢？」

「你放心吧。接下來後續就交給我們。」

「是嗎……」

最後輕聲說出了那句話，男人閉上了眼睛。

「醫生到了！」

「醫生，請您立刻到這邊來！」

「這邊的男性呢？」

「……已經沒有必要診治他了。請兩位治療夫人。」

臨終守在他身旁的僕役流著眼淚，即使如此還是以嚴肅鄭重的表情果斷說道。

全場頓時鴉雀無聲，立刻朝母親大人的方向迅速飛奔。

到了這時候我終於回過神來，慢吞吞地跟在醫生後頭。

醫生在診治母親大人。

但是他的手很快就停了下來。

「……很遺憾……」

面對醫生似乎難以啟齒的話語，每個人臉上都浮現出絕望的神色。

別這樣，別露出那種表情。別說出那種話。
趕快治好母親大人！
我內心的吶喊也顯得虛無，醫生離開了母親大人的身邊。
「……不會吧！夫人、夫人！」
……母親大人死了？
騙人的……！騙人、騙人、騙人……！
……那之後的事，我都記不太清楚了。
但是我記得那激烈的情緒。
為什麼母親大人非死不可……！
由於出生在武家，關於生死我從小就或多或少有所理解。
雖然父親大人很強，但他也是個人。
他告訴我們每次執行任務時，都不曉得會發生什麼事。
但那絕對不是悲觀，是為了國家賭上性命，甚至值得自豪。
保衛國家、保護人民。
那是身為貴族的職責。
但是為什麼……母親大人死了呢？

她非死不可嗎？

父親大人明明一直在盡貴族的職責，理應受到父親大人保護的人民，居然奪走了母親大人的性命……！

跟是不是山賊沒關係。

因為他們也是這個國家的人民。

父親大人究竟……是為了什麼，持續保護這個國家呢？

為什麼貴族非得保護人民不可！

這個世界蠻不講理。

我明白了這件事——不對……是被迫明白。

我不僅是男人婆，而且還在哥哥的影響下，沒有學習像樣的貴族子女規矩，在廣大的安德森侯爵家庭院四處亂跑弄得滿身泥巴，還穿著禮服就爬上樹。

母親大人會用笑容迎接滿身他人血漬的父親大人……她似乎卻對我的事很傷腦筋，但還是會以柔和的笑容迎接我。

……要是有跟母親大人一起度過更多時光就好了。

要是做些刺繡之類的女孩子家會做的事，應該已實現了。

但是母親大人去世之後，別說是因為緬懷母親大人而那樣做，我還選了完全相反的路。

母親大人的葬禮過後，我哭到眼淚流乾。

我哭了又哭、哭了又哭……在葬禮時一瞬間掠過我內心空空如也大洞的那些再次湧出。

也就是……憤怒和憎恨。

我祈求能夠報仇，悲嘆自己的無能。

詛咒現實的蠻不講理，對自己的無能感到羞恥。

所以我向父親大人請求。

希望他能鍛鍊我。

父親大人沒有問我任何原因。

相對的，他只說了句：「如果妳希望，老夫會嚴格鍛鍊妳。」

然後從隔天開始，我就投身於訓練之中。

†††

在開始正規的訓練以前，父親大人讓我接受了體力測驗。

「妳似乎比老夫想像得還要靈活。」

父親大人看到測驗的結果如此說道。

也許是因為在宅邸裡到處跑，雖然年紀還小但似乎意外地有基礎體力。

也許是因為在安德森侯爵家腹地裡的森林中遊玩，障礙物也算不了什麼。

也許是因為追著野生動物四處跑，動態視力和反射神經也還不錯。

「話雖如此，妳要接受訓練……還早得很呢。」

他那樣宣告之後給我的訓練課表，是我日後甚至不願回想起來的地獄課表。

早上要在日出以前起床，進行跑步訓練。

繞宅邸周遭三圈。

雖說是三圈，但在廣大的宅邸周遭進行跑步訓練相當辛苦。

「……嘔。」

跑完的時候，感覺很不舒服，甚至忍不住吐出來。

接著喝下有鹽分和糖分的水稍事休息以後，再次開始訓練。

跑步訓練後的下一樣，是走遍腹地裡的森林。

森林裡有各式各樣的地形，小小的高低起伏還算是好的。

沒有架橋的小河隔開足有兩個成人高的懸崖，為了前進非得爬下懸崖再往上爬才行。

自然原始的森林，據說父親是為了鍛鍊自己才維持那樣的。

「……嗚。」

在我攀上懸崖的時候，手掌倒楣地碰到岩石，水泡破了。

定睛一看，我的手掌紅通通的。

於是我暫且故意摔進小河，在那裡洗手。

受到陽光照射閃耀著光輝的清澈河水，混進了我流出的一絲鮮紅血液。

我撕下沒有弄濕的一部分衣服，包住我的手掌。

然後再次攀上懸崖。

這個水泡，是練習揮劍導致的。

每天從中午開始，為了重現父親大人教我的動作，我會一個勁兒地做揮劍練習。

光是拿著還不覺得特別重的劍，重複揮上幾百次幾千次的時候，就會重得手臂發麻。

如此循環往復，在不知不覺間，手掌就變成那種狀態了。

我忍著痛走遍山崖以後，再一次跑了起來。

就這樣跑遍森林，接著終於能夠午休了。

就算沒有半點食慾，但是不吃東西就動不了……我認真地吃掉拿出來的餐點。

然後再稍微休息一下，之後就練習揮劍到太陽下山。

直到父親大人回來為止，我都反覆做著那些動作。

晚上一用完餐，我就會倒在床上像昏死過去一樣。

……每一天都那樣度過。

「老夫會嚴格鍛鍊妳。」

父親大人如他所說的，不許我說任何喪氣話。

即使看到嘔吐的我，也只是一臉冷淡。

感覺只要我發一句牢騷，訓練就會立刻被迫中止。

我也完全不允許自己有那種行為。

我也覺得自己的氣勢簡直陰氣逼人。

總之從客觀的角度審視自己，就是個不滿十歲的女孩子根本不玩樂，從早到晚一個勁兒地接受訓練。

想要變強、想要報仇……只是為了那樣而已。

我日夜都埋首在訓練之中。

†††

「很好。接下來老夫就教妳招式吧。」

我每天過著光是培養體力和做揮劍練習的生活，不曉得過了多久。

看見我練習揮劍的父親大人，一開口就說了那句話。

明明他只是一直看著卻沒有做出任何指示，突然間是怎麼了？

在我開口問出問題前，父親大人就自己開始比劃招式了。

是要我邊看邊記嗎？

我把許多疑問拋到腦後，轉念將精神集中在眼前的動作上。

我將父親大人的一舉一動，像要烙印在腦海中那般，連眨眼都忘記，一直盯著看。

「練習吧。」

丟下那句話後，父親大人的示範就結束了。

剩下我一個人，回想著烙在腦海中的畫面，自己一遍遍地動了起來。

……但還是難以隨心所欲。

我的身體跟不上腦中的畫面。

明顯的不自然和稚嫩，我對於自己那樣的動作覺得生氣。

「為什麼我做不到……？」像這樣的焦急感。

大概正因為我能想像到自己目標中的動作，才會覺得更加焦急吧。

從那之後，我每天的訓練課表中加入了比劃招式自不在話下。

「……唔！」

水泡又破了。

仔細一看，我拿著木刀的手掌，染上了些許紅色。

我撕開放在一旁的手帕，纏到我的手掌上。

……我不覺得痛。

……我不覺得苦。

因為我明白……真正的痛、真正的苦。

不如說這種痛、這種苦，讓縈繞在我內心強烈的憎恨更加熊熊燃燒。

所以我不會停下來，我停不下來。

就這樣，我重新開始練習揮劍。

我一個勁兒地重複著那樣的訓練。

當我比劃到大致習得教導的招式之際，我就會跟哥哥進行模擬戰。

話雖如此，卻是簡單對打的稚拙模擬戰。

不過要讓身體更能記住招式，這是最適合的。

獨自一人練習，跟有人過招時果然不一樣。

兩種都是為了變強不可或缺的訓練，我一邊做一邊那樣覺得。

因此，除了和哥哥對打，當然也同時進行以往的訓練。

「呼、呼……！」

我用手擦掉從額頭滴落的汗水。

然後視線就這樣投向我的手掌。

這時候我的手掌已經很難長出水泡了，相對的則是又硬又粗糙……變得非常不像是女孩子家的手。

感覺像是自己的鍛鍊化為實體顯現出來，我純粹感到很高興。

我帶著陰暗獰笑向前一看，眼前的哥哥筋疲力盡地坐著不動。

我也好似將重心放在膝蓋上一般，單手放在膝上反覆做著短促的呼吸。

「梅莉，接下來跟老夫對打吧。」

不知不覺間出現的父親大人，忽然開口這麼說。

那句話令我頓時整個人愣住了。

但是下一秒我就理解了那些話，不禁笑了出來。

終於。我終於得到認同，能和父親大人對打了。

前所未有的充實感和興奮，還有一點點的緊張和恐懼。

「請多指教……！」

就這樣，這次我開始了和父親大人之間一對一的模擬戰。

說不定父親大人有手下留情，但是從我的角度，他的打法可說是不留情面。

「怎麼了，就這種程度嗎？」

父親大人俯視著倒下不動的我。

……完全打不到。

明明覺得自己變強了些，在父親大人的面前卻還是太過弱小了。

老實說，我很不甘心。

我匍匐在地上，抬頭望向父親大人。

父親大人和我之間，有顯著的差距。

不僅是經驗，強度也好、速度也好，所有的一切都還遠遠不足。

那麼我就必須創造出「什麼」，以弭平那些差距。

……就連父親大人，也在蠻不講理的現實中失去了重要的事物。

那麼我應該變得多強？

變得多強我才能實現我的願望？

……我不知道。

但至少現在，像這樣被父親大人俯視就還早得很。

我用發抖的手按著地面，再次站了起來。

「還沒完。」

就這樣，我再一次和父親對打。

† † †

……結果今天也輸得很慘。

和父親大人的戰鬥中落敗的次數，究竟有多少次呢？

雖然也會想那種事，但腦中想的多半都是關於剛才的訓練。

只差一點好像就能掌握到「什麼」了。

能弭平不足之處的「什麼」。

明明只要掌握它，我想跟父親大人的對打也能更有在戰鬥的樣子。

像這樣訓練結束回到房間以後，總覺得當時的感覺和掌握到的那些就變得遙遠。

唉……我不禁深深嘆息。

再也想不出任何事物來，我無可奈何地直接回到房間裡泡澡。

因為每天活動汗如雨下，這是不可或缺的。

「……唔！」

熱水滲進傷口，讓我痛得要命。

每天都會弄出新的撞傷或割傷，全身上下沒有哪裡沒受過傷，每次用熱水洗身體時都痛到哭也成了每天的慣例。

因此我不會讓僕役洗我的身體。

比起被人莫名擺弄，還是自己下手才能在覺得痛以前做好覺悟。

……雖說結果就是像這樣痛得要命。

洗完身體換上衣服以後，我直接倒在床上。

在辛苦的訓練中最棒的事，就是累了能很快入睡。

不然的話，大概……我會想很多事情到睡不著吧。

關於母親大人的死，隨之而來的失落感或寂寞，還有對於身為原凶的恨意或自責的情緒。

實際上……直到開始訓練前，我都想著那些事情，過著夜不成眠的日子。

我的意識很快就飛向夢中了。

可以的話，希望至少能作個好夢……我那樣祈禱著。

†
†
†

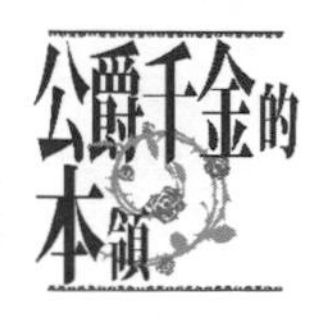

就這樣，又迎來了黎明。

與此同時我換好衣服，馬上開始跑步訓練。

最近在跑步的時候不會嘔吐了。

相對的，我跑步的距離變長了。

我的身體一個勁兒地動著，同時熱衷於思考昨天想到一半的事。

……不足的「什麼」。

在跟父親大人進行模擬戰的時候，總覺得就要掌握到那個答案的端倪了。

不過我在模擬戰中太拚命，就連那到底是什麼、我為什麼會那樣想都搞不懂。

因此即使現在想，也像這樣完全想不出來。

為了讓跑完之後發燙的身體冷卻下來，我擦拭汗水。

中午過後又是和父親大人的對打訓練。

可是我還是搞不懂「什麼」。

搞不懂就代表著跟昨天的我一樣。

就代表著我又輸給父親大人這個對手的這件事也是一樣的。

沒有成長的話，我就連要碰到父親大人這堵高牆都不被允許。

只差一點……就只差一點了。

我的直覺這樣對我低喃。

但既然我繼續想下去也想不出個所以然……那就沒辦法了。

為了掌握它，我只能透過訓練讓感覺變得敏銳。

就這樣，今天與父親大人的對打又開始了。

父親大人的劍招依舊是又快又沉。

只要鬆懈下來，一瞬間就會被拿下。

即使如此，我總算跟上了父親大人的劍。

「太慢了！」

在不曉得第幾次的對打中，父親大人的劍逼近了我。

一瞬間，我猛然把劍舉到身前。

如果躲不開的話，起碼要……

然後我在無意之間改變了些許出劍的角度，卸除了父親大人的劍壓。

那種感覺讓我一瞬間停了下來。

有種「就是這個！」的感覺。

但是再次思考那件事以前，劍就毫不留情地打在我破綻百出的身體上。

「為什麼停下來了！輕易就讓人找到那樣的破綻，真不像話。」

儘管留下的輕微悶痛讓我皺起眉頭，我還是站了起來。

「十分抱歉，請繼續。」

不足的「什麼」。

剛才不是正好掌握到了嗎？

父親大人的劍，是用力量壓制的強力劍招。

然而以我一介弱女子之身，不管累積多少鍛鍊，要到達父親大人那種境界的力量很困難。

那麼我乾脆借力使力，把利用對手的力量當成戰鬥方式不就好了嗎……

我在思考那種事情的同時，也依然在跟父親交手。

在反射動作的領域內，我也配合著揮劍。

「嗚……！」

先架開再貼近對方。

接著我把劍擱在父親大人的脖子上。

「呼、呼……！」

眼前的光景，明明是我自己做出的事卻無法置信。

我贏了。就算父親大人有手下留情。

「……大意了。」

父親大人哈哈大笑站了起來。

打從開始訓練之後，我還是第一次在訓練中看見父親大人的笑容。

因此我更加驚訝了。

「要再來一場嘍。下次老夫要稍微多使點力。」

「……是！」

父親大人如他所言，動作的速度變快、力量也變強了。

我馬上就反應不及，一下子劍就被彈飛了。

「……拜託您，請再來一次！」

就這樣，我再次投身於和父親大人的劍招對打之中。

†††

無數次的遍體鱗傷，即使如此我還是繼續拚命揮劍。

就這樣當我變得能在五次對打中贏下一次的時候——

「……很好。妳從明天起參加護衛隊的訓練吧。」

「……喔……」

父親大人突如其來的指示，讓我忍不住愣愣地回覆了他。

安德森侯爵家私人士兵……別名護衛隊。

是跟隨武藝遠近馳名的安德森侯爵家當家的戰士。

原本安德森侯爵家每一代的男人，為了不要讓名號蒙羞，會持續鍛鍊自己的武藝。

而為了追隨他們，護衛隊的每個成員也要求有一定的熟練度。

當然他們的實力也是遠遠強於其他領地的私人士兵。

因此得以進安德森侯爵家護衛隊的門路很窄，加入之後日日夜夜的訓練也不可或缺。

正因如此，他們對自己的武藝和隸屬於護衛隊之事引以為傲。

為了訓練安德森侯爵家的男人和他們，安德森侯爵家的本宅有個相當寬敞的訓練場。

……說一下題外話，到了父親大人這一代，因為他說身體會變鈍，所以在王都的宅邸裡也打掉中庭建了個訓練場。

所以王都宅邸的訓練場裡不光有衛兵，就連仰慕父親大人的騎士團成員也會過來訓練。

應該不只我一個人覺得與其說是貴族宅邸，簡直就像是軍部設施。

先不說這些，要讓我參加那個訓練？

……我實在期待到不行，禁不住笑逐顏開。

至今訓練的對手，不是哥哥就是父親大人。

雖說那樣也很好，但我還是想跟許多人對戰。

最重要的，是我想試試自己的實力。

肯定會有形形色色的人，而那些經驗會成為我的血肉……讓我又一次變強。

只要想到那件事我就覺得很期待，這也是沒辦法的事。

看見我那副表情，如此提議的父親大人也浮現出苦笑。

接著，在那隔天。

我得意洋洋地前往訓練場。

一抵達之後，只見周遭都是比我大上一兩圈的壯碩大漢們。

我自然很顯眼。

「……喂，為什麼這裡會有個小孩？」

「天、天曉得。喂，你去跟她搭話啦。」

「咦，我不要。我一下子就會嚇哭小孩。」

……雖然講起來不好聽，但如果要說，他確實是長得一副壞人臉……再加上那種氣質，要是一般的小孩見到他，肯定會覺得害怕吧。我在心中對最後說話的那個人自言自語道。

「小姐，妳為什麼跑來這裡？這裡很危險，妳最好趕快離開。」

「……初次見面。我叫梅露。從今天起要參加這裡的訓練。還請各位對我多多指導及鞭

策。」

第一印象是關鍵，於是我認真地打了招呼。

順帶一提，我報上的名字不是本名，也不是平時會叫的小名，這是父親大人的指示。

侯爵家的千金小姐要參加訓練，畢竟還是會有所顧忌。

先不說那些，我的那些話，讓護衛隊的隊員們之間瀰漫的氣氛更加奇妙了。

「……全員，立正！」

這時候，其中一名隊員開口大喊。

面對彷彿要把鼓膜震到麻痺的聲音，我一瞬間愣住。

但是隊員們都很習慣，呼應那個聲音迅速列隊，接著挺直腰桿，用優美的姿勢站直。

「當家大人來了。」

做好準備後，父親大人出現了。

我瞄了眼隊員們的臉龐，他們的雙眼宛如跟我同年齡的男孩子那樣閃閃發亮。

「各位今天好像也很有精神，再好不過了。」

說完那句話後，父親大人豪爽地笑了出來。

然而下一秒他就收起笑容，露出嚴肅的表情。

「……剛才老夫有要她自我介紹，那邊的梅露會從今天起參加訓練。來到這裡以前，老大有在某種程度上鍛鍊過她，所以不用客氣，讓她切身明白各位有多強。」

那低沉的聲音，使得我身體一瞬間顫抖。

……害怕？不，並不是那樣。

這是因為興奮而顫抖。

我感受到父親大人是認真的。

以及我太過期待接下來的訓練和戰鬥。

「……請多多指教！」

我用從丹田發出的聲音說完，父親大人只是笑了笑。

接下來開始的訓練，比起平時我所做的來得輕鬆。

是因為最近我除了父親大人吩咐的課表，還加進自己思考的各種項目的關係吧。

「那麼，訓練開始！」

隨後在做完熱身運動兼提昇體力的課表以後，就開始揮劍練習了。

從上往下。

每一次揮劍就會斬去多餘的情感，心情變得平靜，讓人覺得很舒服。

像是有一根芯貫穿自己的內在那樣的感覺。

在深深受到感動的時候，揮劍練習也結束了。

接下來最後是一對一的對打。
一次叫兩個人的名字，叫到的兩個人就面對面拿劍對打。
我目不轉睛似的注視著他們的動作。
原來如此，還能那樣子動啊……學到了不少。
有我自己做得出的動作，也有以我的體型來說很難的動作，我一邊思索著要是對手做出那種動作應該如何應對，一邊看著那些動作。
「下一個，梅露和拉達！」
到了最後，總算叫到我的名字了。
對手是最先發現到我的存在並且感到傷腦筋的男人。
顯然對於和我對打這件事，讓那個叫拉達的男人再一次覺得傷腦筋。
「那麼，開始！」
裁判兼教師的男人的聲音，傳入耳中。
然而拉達卻沒有動起來。
似乎是為了該怎麼跟我對打而感到迷惘。
不管等多久還是沒看到他有要動的跡象。
因此先動起來的人是我。

我整個人貼近他揮劍。

「喔……！」

拉達很訝異似的雙眼圓睜，彈開了我的劍。

但也因為那樣使得他重心不穩。

我利用那點讓他跌倒，跟著把劍擺在他的眼前。

「……贏、贏家！梅露。」

周遭開始亂哄哄發出吵鬧的聲音。

不過癮的結局……最重要的似乎是大家為了我獲勝感到驚訝。

可是我卻有種內心想咂嘴的感覺。

我完全沒有戰鬥過的感覺。

畢竟是他大意了。

「……拉達，老夫應該說過了吧？老夫有對那名少女施以訓練。這是你的壞習慣。一旦認定對手比自己弱就會手下留情。在戰場上……不對，無論何時都沒有什麼弱者或強者之分。只有徹底了解該怎樣打倒敵人的人能成為強者。改掉你那天真的壞習慣。」

「……是。十分抱歉。」

拉達低頭聽著父親大人嚴厲的訓斥。

「……梅露，妳還能打吧？」

「是的。」

「那麼下一個，岡茲，過來。」

隨著父親的話，另一個男人取代拉達來到我的眼前。

「那、那麼……岡茲對梅露，開始！」

裁判話一說完，我跟他都動了起來。

從他身上的氛圍能推測出，他似乎沒有大意。

……好極了。

我一邊承接他犀利的劍招，一邊露出獰笑。

話雖如此——

果然跟父親大人相比之下，他的動作慢，劍上傳來的力量更弱。

雖說是因為比較對象的緣故。

不過能對上父親大人以外的動作和劍招相當有趣。

在好幾次的對打之後，我貼近他打飛了劍。

然後把劍擺在赤手空拳的他的脖子上。

周遭變得鴉雀無聲。

沒有任何一個人開口，連一點聲響都沒有。

「……贏家，梅露。」

此時，教師戰戰兢兢地開口道。

「這下子你們就明白梅露的程度了吧……有任何人反對這個人參加訓練嗎？」

儘管父親大人那樣詢問，卻沒有半個人開口。

……我笑著心想，我被測試了嗎？

「好吧。那麼今天就到此結束！可以自由行動了！」

他說完那句話後，就結束了訓練。

結束是結束了……那麼我該做什麼呢？

老實說，今天我有種消化不良的感覺。

……雖然是學到不少。

而且第一次和父親大人、哥哥以外的人對戰，似乎讓我很亢奮。

因此我沒有放下劍，而是為了讓身體動起來跑了出去。

†††

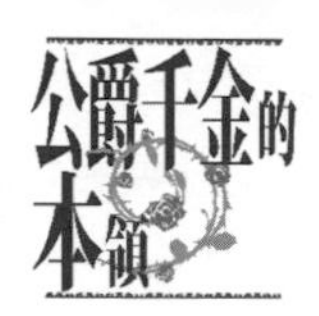

「……當家大人，您是在哪裡找到那樣的孩子的？」

聽見護衛隊隊長伽利亞的話，卡傑爾・達茲・安德森浮現一抹苦笑。

「怎麼？你在意嗎？」

「是的。因為她的實力。」

「不可思議。她那麼年幼卻有足以匹敵，甚至超越護衛隊的實力。」

在伽利亞身邊，擔任護衛隊副隊長的休雷接著說下去。

休雷不愧是年紀輕輕就擔任副隊長，實力不是蓋的。

僅僅一天就迅速得到他的讚賞……就代表梅露莉絲的實力也受到隊員們認可。

「光是那樣他們還覺得不是滋味吧……大家去看訓練結束後她的自主訓練，結果所有人似乎都把那種念頭拋到腦後了。儘管有好幾個人覺得似乎很有意思而去觀察她，然而所有人無一倖免全都臉色鐵青。當然也包括事後才聽說的傢伙。他們說想起了入隊集訓。」

入隊集訓……別名「地獄洗禮」。

獲選為安德森侯爵家護衛隊的，多數都是在入隊前就被稱為實力堅強的一群人。

為了挫挫他們的銳氣，卡傑爾親自排出訓練課表施行訓練。

實際上訓練的效果相當顯著。

原本目睹卡傑爾的實力，明白人上有人就已經感到挫折了……但在那之前，多數人在他以自身的基準琢磨出的訓練中明白了。

……明白自己來到了什麼地方。

他的訓練就是有那麼嚴苛。

而對於梅露莉絲能與那匹敵的自主訓練內容，讓每個人都瞪大雙眼。

「話說在前頭……就算是老夫，起初吩咐給那傢伙的訓練內容也只有那個的一半左右喔。」

「……就算一半也夠多了。」

卡傑爾的話，令一本正經的伽利亞也忍不住開口吐嘈。

休雷則是在他身旁乾笑。

「明明是那麼可愛的孩子。而且她現在正是愛玩的年紀對吧？明明如此，為什麼她要那樣拚命訓練呢？」

聽見休雷的話，卡傑爾望向遠方，開始回想往事。

正如他所言，她雖然年紀小卻已經有種成熟的美感。

銀白色髮絲，以及宛如海藍寶石那般通透的淡藍色眼眸是她的特徵。

時間一長，會出落成多麼美麗的女性呢……光是現在，她就已擁有任何人看到都會為之著迷的容貌。

她是會讓人發自內心期待成長的孩子。

而那樣的她，如今傷痕累累地混在男人們中進行訓練。

一般來說是不可能的事。

首先不可能將貴族……而且還是年幼的女孩放在那種環境之下。

即使如此，卡傑爾還是答應讓她訓練最大的原因，在於他發現她身上有天賦異稟的才能。

當然也包含由於妻子亡故，希望她學會自衛術的心願在其中。

但如果只是那樣，他不會對她那麼嚴厲。

施行更加輕鬆簡單的訓練然後結束也可以。

沒有那樣做，是因為想讓她發揮才能。

並且發揮到極致。

說到底一切的開端，都是他妻子的葬禮那時候的事。

以始料未及的形式失去了愛妻的他，由於失落而自悲自嘆。

雖被譽為英雄，卻連保護自己重要的人都辦不到，他甚至對自己的無能感到憤恨。

而且殺害妻子的對象，並不是滿心復仇的鄰國之徒，而是自己國家的人，這件事讓他感觸更深。

在葬禮現場見到同樣悲嘆的孩子們，更是令他悲從中來。

然而在那場葬禮中的一瞬間。

他有種全身猛然起雞皮疙瘩的感覺。

見到了強者的剎那之間，本能感受到的警報。

就是那種雞皮疙瘩。

這種氣息似乎是從這場葬禮的某處傳來……感到危險尋找那種氣息，隨後察覺沒想到是從自己的女兒身上發出的，他懷疑自己是不是腦子不正常。

畢竟，他從自己不滿十歲的女兒身上，感應到類似霸氣的東西。

見過無數強者的他，感應到了危險。

他觀察女兒的樣子，只見她不知何時停止了哭泣，取而代之的是彷彿要咬破一樣緊緊咬著唇瓣，雙眼之中有憎恨的火焰正在熊熊燃燒。

她在想什麼，可說是一目了然。

然後因此流露出來的感情，敲響了他本能的警鐘。

「……梅莉，妳現在能否只想著妳的母親呢？」

因此他對她說了那句話。

儘管梅露莉絲一瞬間愣了愣，但她的注意力隨即擺在妻子身上，再次潸然淚下。

籠罩在悲傷之中的葬禮早早結束，在那之後卡傑爾過著波瀾壯闊的每一天。

為了逃離失落感，他投身於工作中。

傷口絕對不會癒合。

在他的心中，她的存在就是有那麼重大。

即使如此，日子一天一天過，他也在漸漸整理自己的內心……就在必定要將山賊殲滅一事，對他來說成了極為健全的心態之際。

梅露莉絲向卡傑爾提出了請求。

希望他能鍛鍊自己……

他一瞬間感到不知所措。

理應是美夢成真的這句話。

因為他自己曾想著，希望她能學會防身術。

然而她的雙眼卻在訴說，那不是她的願望。

正因如此，他不知所措。

走上復仇這條血淋淋的路，自己一人足矣。

然而在那樣想的同時，他又冒出想讓她發揮才能的慾望。

就這樣，當他留意到的時候自己已經答應了。

起初，他以為她很快就會叫苦連天。

不如說，他甚至希望她那樣做。

然而她卻沒有發過任何一句牢騷，做完了那些訓練。

而且她的雙眼中沒有一絲陰霾，只是一心在那條路上邁進。

……實在矛盾——卡傑爾無數次嘲笑自己。

他明白應該停止，而且停止訓練對她會是最好的。

快點發牢騷啊，那樣一來明明就能成為停止訓練的好藉口了……他好幾次那樣想。

另一方面，看到她沒有一絲陰霾只持續注視著一個目標的雙眼，雖說是自己的女兒，還真是令人喜愛。

還有她持續超乎水準地完成他給予課題的身影。

他甚至期待起未來她會變得多強。

因此他在不知不覺中不再阻止她。

接著給了她劍，教授她招式。

起初看到的劍招毫無章法。

然而她的劍招逐漸變得銳利且洗練。

進展順利到讓他覺得很有意思。

追上先開始訓練、長她三歲的哥哥，於是試著讓他們對打。

不久後哥哥當不了她的對手，變成卡傑爾跟她對打。

伴隨著身高而來的，是無論手腳長度、力量、速度，所有的一切都會有所差異。
但她仍然能緊咬他不放。
既然力量不足……她便自己創造出能彌補那些的技巧和動作。
最近每當和她對峙，自己都會打冷顫起雞皮疙瘩。
在葬禮上感應到的她傑出的才能。
知道那果然並非自己的誤會，令他笑了。
就算從他的角度來看，她也是天才。
並不是能知道一分就能理解十分。
而是用不著教就能自己理解到十分，知道一分就能深入挖掘那一分。
那就是她的才能。
「……當家大人？」
伽利亞似在窺探般詢問沒有做出任何反應的卡傑爾。
聽見那話，卡傑爾回過神來說道：
「抱歉。老夫在想點事情……她追求強大的原因……是嗎？跟老夫是一樣的。」
「一樣嗎？」
「是的。重要的事物被輕易奪走，對自己能力不足感到憤恨，最終產生的覺悟。」

「……換句話說就是希望報仇嗎？即使如此將軍您還給予她指導嗎？」

「老夫說過了吧？是一樣的。」

卡傑爾說著這些話的表情，有著他們兩人前所未見的悲傷和軟弱。

「……不過，不僅如此，也是因為發現她的才能，老夫才會老大不小卻還心緒澎湃吧。」

像是要驅散沉重的氣氛那般，卡傑爾笑著說道。

聽見那句話，他們兩人表示同意點了點頭。

「你們好好照看那孩子。然後如果可以就引導她吧。因為老夫沒有那種資格。當然老夫也會留意她的。」

「……遵命。」

「明白了。」

他們兩人異口同聲給出肯定的回覆。

「打擾您這麼久十分抱歉。我們先告退了。」

隨後兩人就離開了房間。

卡傑爾目送兩人的背影離開以後，為了前往訓練場走出了房間。

在訓練場附近，他看見兒子帕克斯而停下了腳步。

帕克斯的視線前方，是梅露莉絲在訓練的身影。

他面露微笑，眼神溫柔地守護著她的身影。

帕克斯也因為接受卡傑爾的嚴格訓練，在同齡人之中出類拔萃。

即使如此，實力還是不及梅露莉絲。

帕克斯自己非常明白那件事。

就算這樣他依然平靜地接受了那個現實，見到如今他那般溫柔守護的模樣，卡傑爾內心感到疑惑。

「……你不會不甘心嗎？」

因此卡傑爾向帕克斯提問。

帕克斯一副這真是個意外的問題那般，愣愣地仰望卡傑爾。

「完全不會……我身為安德森侯爵家的一員，是您的兒子。因此我明白自己的極限所在。」

說著那些話的他，浮現了爽朗的笑容。

「極限什麼的……那種東西只要試著打破不就好了嗎？」

「父親大人，訂下極限然後放棄確實是蠢事，但是您不認為正確估計自己的力量也是必須的嗎……那傢伙和我的起跑點原本就不同吧。請恕我直言，我絕對不覺得自己贏不了跟隨父親大人訓練的大人們，但是唯獨追上那傢伙的未來……我完全看不見。看見真正的天才的時候，就連嫉妒都顯得愚蠢，這話是真的呢。」

看見兒子穩重且冷靜說話的姿態，卡傑爾發出感嘆。

兒子說的話很有道理。

勇敢和魯莽是不一樣的。

認清自己的力量，有時候也需要退一步。

就算替他打氣他也冷靜無比，再加上不像小孩子的措辭。

兒子擁有有趣的才能，這讓他熱血沸騰。

就如帕克斯自己所說，他絕對不弱。

雖然沒辦法像梅露莉絲那樣和卡傑爾的心腹來場勢均力敵的比賽，但他的程度說不定可以勝過卡傑爾鍛鍊的眾人之中時日尚淺的人。

卡傑爾甚至盼望他長大之後成為出色的武將。

……然而帕克斯真正的才能說不定在其他方面，這種想法掠過卡傑爾的腦中。

和他自己還有女兒比起來，帕克斯不怎麼執著於鬥爭精神或單純的武藝。

相對的……不對，正因如此他才能冷靜無比地分析戰力。

卡傑爾認為那是在戰場上指揮，身為參謀的才能。

「……喂，帕克斯。你要不要學學戰略？」

一思及此，他便不經意地向帕克斯探詢。

「可以嗎？」

帕克斯聽見卡傑爾的話，一臉開心的樣子。

這才是這個年紀會有的表情，卡傑爾內心露出了苦笑。

「其實我在想，最近要向父親大人探詢一下。聽了以前造訪父親大人的國軍弟兄所說的事，覺得很有興趣。」

「這、這樣啊。既然如此老夫就去問他們，決定以後會再跟你講。」

「那就拜託您了。」

「嗯，知道了。」

卡傑爾摸了摸低頭的帕克斯的頭，再次朝著訓練場走去。

「卡傑爾大人。」

大總管達斯蒙站在訓練場的入口處前方，似是久候多時。

「……真虧你知道這個地方。」

「因為您經常在這個時間到這裡來，比起亂找一通，還是在這裡等比較快。話說卡傑爾大人，國軍的人士來了。」

「……是嗎？那走吧。」

雖然想要訓練但也沒辦法。

這正是個打聽帕克斯那件事的好機會，於是他轉身前往辦公室。

「……是你們啊。怎麼，發生了什麼事嗎？」

在房間裡頭的，是兩個在他麾下做事的人。

分別是他的左右手副將軍克洛依茲，還有參謀貝盧歷斯。

「耳聞最近將軍有關注的人物，我想趁現在拉人進國軍。」

「……不可能，她可是個剛滿十歲的孩子啊。」

「正因如此啊……先不說這種玩笑話了。第一隊正好結束任務回來了，我盡量給予第一隊隊長權限後，回老家順道來向將軍您報告。貝盧歷斯是負責照料的呢。」

「喔……第一隊是怎麼說的？」

「多瓦伊魯國沒有特殊的動靜。舊瑟茲領由此次封爵的梅西男爵統治的體制終於完成並開始運作了。基於以上事實，提出監視國境的人員回歸原本工作的建議。不過詳細的資料在王都，請您務必過目。還有梅西男爵送來的信件供您參考。」

「嗯……老夫還沒看到報告書不宜開口，貝盧歷斯你有什麼看法？」

「……跟我國接壤的不光是多瓦伊魯國。繼續過度集中在一點而忽略其他國家，應該不是上策吧。」

「原來如此。了解。老夫會早日回王都，看過資料以後做出判斷。」

「那就麻煩您了。」

「喔，對了。下次老夫去王都的時候，想帶上小犬帕克斯一起去……喂，貝盧歷斯。你到老夫在王都的家的時候，能教教那傢伙軍事相關的事情嗎？尤其是關於戰略的。」

「……教不教就看那孩子了，不過……」

「有什麼問題嗎？」

「請恕我冒昧，將軍。如果是帕克斯大人就沒有問題。話雖如此，老實說……事到如今您在說什麼呢？」

「……什麼意思？」

「帕克斯大人已經擁有戰略方面相應的知識了。」

聽貝盧歷斯這麼說，卡傑爾歪了歪頭。

「將軍，您不知道嗎？我們每次回來，帕克斯大人都在跟貝盧歷斯討論。他們會互相考察並討論過往戰爭的紀錄。」

聽見克洛依茲像在補充所說的話，卡傑爾嚇了一跳。

「……我還以為是將軍您給出了指示，他才會那樣做。」

「真是丟臉，這是老夫第一次聽說……不過，這樣啊。那傢伙做了那種事……」

「和帕克斯大人的討論相當有意義，今後也請多指教。」

「既然你都那樣說了……那好吧。今後那傢伙就拜託啦。」

「遵命。」

「不過將軍，您打算讓護衛隊變得多強呢？」

克洛依茲面帶苦笑說出的話，使得卡傑爾再次歪了歪頭。

「能讓這位嚴格的貝盧歷斯說出是『有意義的時間』、擁有戰略長才的帕克斯大人，還有得到將軍關注的神祕新星小朋友，然後再加上將軍您，光是安德森侯爵家和護衛隊就是一大勢力了。」

「……嗯。聽你這麼一說……」

克洛依茲的話，讓卡傑爾開始幻想。

並且同時感覺到自己熱血沸騰。

把前線交給女兒，兒子在後方指揮。

自己身為將軍統率整體。

「……實在很有趣不是嗎？」

聽到卡傑爾的話，克洛依茲和貝盧歷斯苦笑的笑意變得更深了。

「三天後從這裡出發前往王都。關於剛才所提的事，日後再說。」

「「遵命。」」

接著在跟兩人分開後，卡傑爾再次向著訓練場走去。

他一面走一面思考，腦中浮現剛才與克洛依茲、貝盧歷斯之間的對話。

原本他想的是殲滅殺了妻子的山賊後，就要盡快讓路給後進了……

剛才所說的事，甚至會令他覺得很可惜。

他從梅露莉絲和帕克斯兩人身上，感受到讓他產生那種念頭的才能。

孩子們的年輕令他感到耀眼的同時，他也活力充沛地覺得自己不能輸。

「……那麼，老夫也來訓練吧。」

一到訓練場他便低喃道。

看見笑得猙獰又說著那種話的他，正好在場的可憐護衛隊隊員流露出彷彿因為害怕而抽搐的表情。

†††

「梅莉，有話跟你說。到老夫的辦公室來。」

父親大人對做完熱身運動兼提昇體能訓練的我搭話說道。

究竟找我有什麼事？

我懷著那樣的疑惑走向父親大人的辦公室。

好久沒在晴天的上午在宅邸中行走了。

反正除了雨天以外，我幾乎都在外面做自主訓練或訓練，雨天也是在室內的訓練場做某些訓練。

一個星期會有兩三天進行正規訓練。

在那之外的日子，因為父親大人也很忙碌，我會一個人進行自主訓練。

從早到晚做些諸如提昇基礎體力、確認招式等等，其他還有很多要做的事。

先前我會跟哥哥一起進行訓練，但最近哥哥大致做完訓練以後，就會窩在房間裡讀書。

除了身為下任侯爵家主人有很多東西要學，哥哥似乎正在學習戰略。

對他說了請您不要太過拚命之後，他露出傷腦筋的笑容指著我的傷口說了聲「妳也是」。

打從母親大人過世以後，我們大家都這樣子。

像是內心有一部分結了冰似的。

然後為了彌補，大家各自全神貫注地做著某件事。

以我而言，就像是訓練那樣。

我究竟有多久沒有發自內心笑出來了呢？

就這麼懷著失去母親大人這個即使時間經過也沒人能治好的傷口，而且傷口似乎還在化膿。

一到辦公室，就看到父親大人一臉嚴肅的樣子。

「……讓您久等了，父親大人。」

「不，沒關係。妳還沒有做完訓練吧。」

「還沒……請問您有什麼事嗎？」

「嗯……老夫想把這個給妳。」

他說完話接著交給我的，是一把劍。

有些細長，不過拿起來跟訓練用的鈍劍不同，能感覺到刀鋒有重量。

握柄的地方刻有侯爵家的家徽。

「這把劍是……」

「這是為妳打造的東西……妳能成為足以使用這把劍的人嗎？」

父親大人銳利的視線射穿了我。

我猛然感到有股寒氣竄過背後。

這和至今的訓練所用的劍不同，是用來傷害人的東西。

他是在問我有沒有揮動它的覺悟吧。

……然而那又如何呢？

我至今所習得的東西，就算說得多麼冠冕堂皇，都還是傷人的東西。

「……如果是父親大人，您應該已發現到，我最初拿起劍是為了私人恩怨。所以我無法以這個徽章……以侯爵家之名起誓。」

我沒有為了保護誰那樣崇高的意志。

我是為了我自己拿起劍學習。

「所以我以我的名字發誓。我對父親大人和各位前輩至今教導我的東西，以及積累的劍術感到自負。我發誓有責任在揮劍之際不玷汙我的自負。」

「說得好……絕對不能違背那些話。」

收起劍，我對父親大人低下了頭。

†††

即使把劍授予於我之後，我還是跟以前一樣，每天都拿訓練用劍鍛鍊。

只會有時候為了讓手習慣所以揮一揮而已。

仔細一想，對不是現役士兵的我來說，沒有機會揮那把劍要說理所當然也確實是理所當然。

話雖如此，我比從前變得更加熱衷於訓練是事實。

就算父親大人去了王都，但因為有護衛隊，我並不缺訓練對手。

由於他們各有各的強，光是為了吸收他們的優點，盯著看也獲益匪淺，對打時一邊思考對策一邊戰鬥，這也讓我學到不少。

父親大人回來的時候，我就竭盡全力和他對打。

順帶一提，父親大人回領地的頻率很高。

那是由於父親大人用的不是馬車而是策馬飛奔，所以很快，再加上只帶了少數菁英當護衛，十分輕便。

先不說那些，我不管跟父親大人怎麼對打，目前完全看不見半點贏過父親的勝機。

我還早得很。

每當跟父親大人對打，自己不足的地方就會清清楚楚擺在面前……但就是那樣才令人興奮。

想著我該怎麼做才能獲勝。

「呼……」

今天的訓練結束後回到自己房間時，我用布擦去汗水。

時間正好是中午過後。

「大小姐、大小姐……！」

「哎呀，婆婆，到底出什麼事了？」

我看見慌慌張張朝我跑來的婆婆，歪了歪頭。

婆婆是一直服侍這個侯爵家的人。

身為貴族子女居然不學習禮儀……！儘管會開口斥責我，但不愧長年服侍侯爵家，對於訓練本身倒是沒有多說什麼。

每次都要設法讓我上禮儀課的婆婆和我之間的攻防戰，說是早已成了為這個侯爵家的日常生活增色的一幕也不誇張。

「今天您一定要上禮儀課喔。」

「婆婆，就算妳那樣說。我目前還沒打算去茶會。那樣的話，我還寧願像這樣做訓練。」

「我身為服侍侯爵家的人，也覺得大小姐努力不懈非常棒。可是茶會的邀請函已經寄來大小姐這邊了。」

「哎呀，婆婆，妳看我這樣子，究竟要我去哪裡呢？用往常的理由拒絕掉吧。」

剛開始訓練的時候，我嫌礙事就自己把頭髮剪了。

用小刀一刀削到大約耳後的長度。

那時候，率先看到我那個樣子的婆婆發出了慘叫……

現在我依然是只要頭髮長了就剪掉。

然後每回婆婆儘管發出慘叫，還是會把我那慘不忍睹的頭髮剪得整整齊齊。

像男孩子一樣的髮型。

再怎樣頂著這顆頭去哪個家族都不行，所以即使有邀請我也會拒絕。

現在想跟英雄這個稱號扯上關係的家族有很多很多。

也許為了家族去會比較好，但父親大人說「小孩子用不著在意」，我就恭敬不如從命了。

接著在我全數拒絕以後，不知不覺間就傳出我身體不好的傳言。

好像是因為母親大人去世打擊過大……聽說是這樣。

母親大人去世確實是契機，可是我目前過著與生病無緣的生活。

不過這拿來當圓滑的回絕語句正好，於是就借那個傳言，用了我身體不好的理由。

我想說這次也用那個理由就好了……

「不，大小姐，這次邀請大小姐的是女王陛下，實在難以拒絕……」

「女王陛下……？」

究竟為何女王陛下會……我感到不解。

「是的。大小姐您要注意裝扮，傷口可以用服裝遮掩，頭髮的話，至今大小姐剪掉的頭髮都有保存下來，只要用那些編上去當成假髮應該沒問題。」

婆婆斬斷了我的退路。

應該說從王族邀請我的那個時間點開始，就沒有退路了吧。

「唉……不管是臨陣磨槍或怎樣都好，總比沒有好……對吧？我從現在開始上課吧。」

由於不能對王族有所失禮，總之我展開了茶會禮儀的集訓。

†††

「誠摯感謝您今日的邀請。」

話說完，我行了個禮。

「敬禮的角度不對喔。還有動作更優雅一點。」

禮儀老師提點著我的動作。

原來我家也有請禮儀老師……事到如今我才對此感到吃驚。

不過也難怪我會這樣想。

先不說哥哥，父親大人不太理這種東西吧，甚至我也是第一次上課。

「笑容太僵硬了喔。再來一次。」

每次提點的時候，老師都會拍手。

總覺得拍手的聲音快變成我的心理陰影了……我在內心發出了嘆息。

明明比起訓練動得更少，但光是休息一下便湧現強烈的疲倦感。

不習慣的這些動作，讓我感受到的精神疲勞就是如此嚴重。

我一次又一次練習入場，結果這一天就這樣結束了。

接著隔天是喝茶的課程。

……我原本平常就不喝茶。

畢竟一整天都在訓練，沒有時間優雅喝茶。

「……不行。您那種切法，麵包不就垮了嗎？」

老師拍了下手給出提醒。

「您的一口要更小口。那樣子看上去很粗俗喔。」

啪！

「不用切得那麼小塊。司康珍貴的口感都糟蹋掉了。」

啪！

「就說了，請您一口不要那麼大口！」

啪！

……已經到了我每做一個動作，都會遭到制止。

老師拍自己的手發出聲響，我的身體對聲響有所反應停止動作，這到底是第幾次了呢……就連要數都覺得麻煩。

不過是個茶會。但卻是重要的茶會。

……我能夠平安無事度過女王陛下的茶會嗎？

……總覺得辦不到。

「大小姐，請不要想東想西，請您集中在課程上。」

「是……」

我看著銳利的視線發出一聲嘆息，隨後集中精神在課程上。

†††

……就這樣上了速成課程，總算學會臨陣磨槍的禮儀前往王都。

我腳下踩的是低跟的鞋子。

頭髮已經接上假髮，罕見地穿上裙子。

只要靜靜地喝茶，有什麼話題轉到自己身上或有人提問時再回答就好了。雖然似乎真的會變成只是待在那裡，但除此之外的訓練……更正，是課程就時間上來說不可能。

貴族的禮儀真是深奧呢，我有了這種遲來的感想。

我想著那種事的時候，馬車正搖搖晃晃移動著。

我有多少年沒搭馬車了呢。

最近我在我家的腹地內進行騎馬訓練。

就這樣無邊無際亂想之餘，不知不覺間便離開了安德森侯爵領。

「……真是悠閒的風景呢。」

這麼說來，最近都不曾欣賞過景色了……我在心想的同時喃喃道。

我一天到晚都只想著要變強，實際上過著除那以外什麼都不關心的日子。

簡直就像中邪一樣——事到如今我有那種想法。

要是母親大人活著的話，我會走上完全不同的路嗎？

……大概吧。

我肯定早已不是個男人婆，也不會是速成……而是身為一名真正的貴族子女，現在一定正在接受正規訓練。

我想像著那樣假設的世界，笑了出來。

「……發、發生了什麼事？」

那之後又走了一小段路，馬車的速度突然變快了。

在前方的婆婆，用不安的聲音那樣問我。

「婆婆，別出聲。」

感覺到護衛們的氛圍變了，我迅速封住婆婆的嘴。

出了什麼事，不必問也能明白。
護衛隊隊員們神色緊張殺氣騰騰。
雖然不曉得對手是誰，但現在有人要襲擊我們。
證據就是當我窺探外面的狀況一段時間，便聽見遠方開始傳來熟悉的刀劍碰撞聲響。
「……婆婆，妳冷靜點。」
我撫慰眼前發抖的婆婆。
……這也難怪。
突然間遭到襲擊，不可能會有人不害怕吧。
然而我的心卻平靜得不可思議。
不如說為了撫慰亢奮的自己，我緊緊握著劍。
從跡象中能得知，敵人的數量很多。
我發自內心覺得，有像這樣事先堅持說劍不放在手邊就不放心而帶著，真是太好了。
我悄悄掀開窗簾，從窗戶看向外面。
就在護衛們和敵人交戰的時候，其他敵軍筆直地朝這輛馬車衝了過來。
接著，就在有個人粗暴打開門的一瞬間——
我反射性地用最快速度拔出劍，憑著這股氣勢砍下那男人的首級。

噗茲一聲，溫熱的赤紅噴了出來。

鐵鏽味也籠罩了馬車內。

真的是反射性的動作。

我以牢牢記住的、身體習慣的動作，就這樣毫不猶豫地揮下了劍。

在攸關性命的狀況下，也沒有猶豫的餘力。

明明是首次出戰，我真的非常乾脆就做出了奪去對手性命的行為。

那一瞬間，我愣愣地望著沒了頭的男人。

跟我家的護衛穿著不同，是很簡陋的裝束。

我姑且檢視了一下頭顱，長相是我不曾見過的人。

……是我殺的嗎？

一思及此，想吐的感覺就從內心深處湧了上來。

不過我很快地回過神來，騎上剛死不久那男人的馬。

「怎麼了！如果是向卡傑爾將軍學習的你們，就算數量不及對方也要擊敗敵人！」

一開口激勵數量處於劣勢的護衛們，他們便很訝異似的一瞬間望向我。

不過他們隨即轉變成嚴肅的表情，將精神集中在跟自己刀劍相向的對手身上。

我也拔起假髮丟掉，舉起了劍。

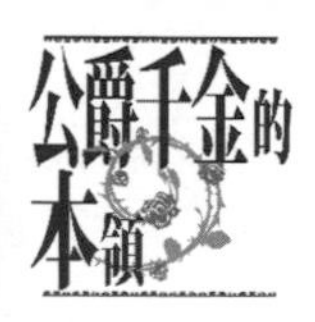

靜下心讓意識沉底，有種神經變得敏銳的感覺。

感受對手的呼吸。

推測下一步，乘虛而入。

然後在生死關頭的前方，找出生機……！

意識底端的本能對我耳語。

身體如想像般行動，甚至到了神清氣爽的地步。

揮過上千次、上萬次的劍，簡直就像身體的一部分。

軌跡成了一縷清風奪走對手的性命。

……就算去思考假設的未來也沒用不是嗎？

我在戰鬥的同時，忽然間想到那種事。

因為劍已經是我身體的一部分，我的身體已經牢牢記住了如何戰鬥。

我無法改變逝去的過往。

那一天、那一刻我早已做了選擇，要像這樣在戰鬥的路上向前衝。

就算去思考假設的世界也沒用。

母親大人去世後，我選擇了戰鬥這條路……結果就是這樣。

時間不斷向前走。

不管多麼想抓住、想要回頭，都無法回到過去。

每一天都在選擇，不斷積累。

不可能會後悔。

當我回過神來，只見我的身邊已經沒有任何人了。

附近一帶化為一片血海，好幾具不會說話的屍骸倒在地上。

我為了確認狀況環視四周，看見護衛們似乎在各自擊潰對手。

我的視線投向前方時，發現一名倖存的敵人。

現在這情況讓那男人徹底嚇到腿軟。

為了逃命所備的馬也跑了，他沒有能離開此處的手段。

我將視線朝他望去，男人便發出短促的慘叫退後。

……對方不是挺怕我的嗎？

我不禁發笑，朝著男人舉劍。

「我、我沒聽說啊……！坐在上頭的是替身什麼的，我根本沒聽說啊！」

我好像被誤會是替身了。

唉……看見我的容貌和舉止，確實不會覺得是貴族子女吧。

要化解誤會很麻煩，考慮到日後，順著他的話說下去是最好的。

「因為大小姐身體不好，我就代替她來了……所以？你有其他同伴嗎？」

「沒、沒有……」

「這樣啊。那你盯上大小姐的原因是什麼？」

「我、我不知道……」

我瞪向大叫的男人，只見他的臉正在抽搐。

「是真的！我真的不知道……！我們只是掌握今天侯爵家的大小姐會經過這裡的情報，然後……」

「……似乎有必要確認真偽呢。那邊的你還有你，把這個男人綁起來，將人交給在王都的父親大人。把這件事一併向他稟報。」

「大小姐您……」

「我回領地去。父親大人會向女王陛下報告這件事，就算說我由於勞神倒下了，女王陛下也能理解吧……假髮也不見了呢。」

鬧出身體不好的大小姐傳言的我，發生這種事如果還能一臉泰然自若地出席茶會，對方會覺得不自然。

……開玩笑的，只是用不著出席的話，我就不想出席而已。

雖說上了密集課程，但真心話是我不想以臨陣磨槍的狀態參加女王陛下舉辦的茶會。

看了看馬車，雖然沒有全壞，但也是傷痕累累。

最大的問題是車輪出了問題。

「婆婆，妳沒事吧？」

我向裡頭的婆婆搭話，發現她臉上毫無血色。

「……是、是的。」

婆婆抓住我伸出的手，那隻手還在微微發抖個不停。

……至少沒有昏過去，該說不愧是服侍侯爵家的人嗎？

「縱然那個人說沒有其他同伴，然而無法確定真偽。一直待在這裡可能會很危險，還是快走吧……更何況前往王都的兩個人，還要帶上一名俘虜。然後，雖然很對不起婆婆，但來個人騎馬載她一程吧。」

我握住了韁繩。

「那麼，各自解散。」

話一說完我便開始策馬疾馳。

除了前往王都的兩名護衛以外，其他人都跟在我的後頭。

就這樣，結果我沒去王都，回到了宅邸。

†††

「……抱歉，打擾了。」

卡傑爾敲了門以後進入房間。

「是安德森侯爵嗎？不好意思請你稍等一下……我說你，把這裡的文件送到各相關部門去。還有這份文件這樣可以，但其他兩份拿回去。這裡和這裡有矛盾。這是單純措辭有誤，還是合作上有所不足呢……另外，這邊是日程表的預測想得太美了。有這些量的話，光是要取得確認最少也要花上一個星期吧。動作快固然好，但要按照實際情況來。」

卡傑爾開口搭話的是正在工作的這個房間的主人……羅玫爾・齊普・阿爾梅利亞公爵。

他跟卡傑爾完全相反，是個相貌溫和、有貴族風範的貴族。

是這個國家的首席貴族阿爾梅利亞家的當家，也是宰相。

與他溫和的言談舉止相反，他被評為擁有很高的政治敏銳度。

並且此時此刻，他仍然營造出與那身分相應的威嚴。

現在接受他指示的男人們雙眼發亮。

在房間裡待命的其他眾人正側耳傾聽，似是不想漏掉一字一句。

那種模樣像是能成為他的左右手工作，令他們感到自負。

「其他所有人也各自把我今天提出的課題帶回去討論，明天再提方案給我。」

聽見最後的指示，所有人低下頭，各自離開了房間。

就這樣，留下來的只有房間的主人羅玫爾和卡傑爾而已。

「抱歉，讓你久等啦。」

那一瞬間，羅玫爾用的語氣像是待在酒吧的那些人，剛才的威嚴早已煙消雲散。

「怎麼說，您那種態度轉變真讓人不習慣。」

卡傑爾面露苦笑，羅玫爾則是開口大笑。

「是嗎？是說你比上次冷靜多了吧。」

……那是個偶然。

卡傑爾見到羅玫爾的這副模樣。

他受部下之邀前往王都一隅的酒吧，看見那裡有個似曾相識的男人……正這麼想的時候，發現對方是羅玫爾。

羅玫爾竟然混在平民中喝著酒。

……他不僅是宰相，也是首席貴族的當家。

「哎呀，那時候你吃驚的樣子可真是值得一瞧啊。真虧你沒喊出我的名字。」

「那時候，您要是沒有壓著我的嘴巴說之後會把一切都告訴我，我就會叫出來了。」

「事到如今，雖然說要把一切都告訴你……不過如你所見，你眼前的男人就是羅玟爾．齊普．阿爾梅利亞。」

「……平常的您是戴著面具嗎？」

對於卡傑爾的問題，羅玟爾愉快地笑了。

笑了一會兒以後，他的目光驟然變得銳利。

那銳利的眼神甚至令人覺得可怕。

儘管語氣依舊是那般平易近人

不愧是宰相，卡傑爾內心暗暗讚嘆。

「喂喂喂，在這個王宮中有不戴面具的人嗎？在惡鬼的巢穴，刺探對方是家常便飯。大家都在處心積慮想著如何扯他人的後腿呢。啊，好可怕……我只是那張面具很厚而已。」

「原來如此……可是公爵您為什麼在那種酒吧裡？」

「……我在那種酒吧裡就那麼奇怪嗎？」

「雖然這樣講怪怪的……若要說實話，應該是覺得意外吧。」

「要去了解人民——我的老爸經常這麼說。戰略也一樣——要去了解敵人。要統領人民實行政事，不可不了解對手。所以我從年輕的時候開始，就會混進街頭的各個角落，聽大家說許許多多的事。哎呀，甚至不知不覺中語氣就固定成這樣，但也是因為那邊比較有趣又輕鬆啦。」

「令尊說了相當棒的話呢。實踐那些的您也是，但同時也令人害怕。」

聽見卡傑爾的話，羅玫爾賊賊地揚起嘴角。

簡直像是淘氣的孩子惡作劇成功那樣的笑容。

若對羅玫爾來說的「戰鬥」是指政治，那麼「敵人」就是除了王以外住在這個國家的所有人。

就因為是公爵而熟知貴族的事，也像這樣學習著人民的事。

除了原本擁有的政治敏銳性，再加上了解「敵人」的他，只要有那個心，就能在對手不知不覺的時候，隨心所欲將其玩弄在股掌之間不是嗎……

卡傑爾是那樣想的。

「……所以？今天你為什麼來我這裡？難道你只是為了問那件事而來？」

「那個……」

看見支支吾吾的卡傑爾，羅玫爾嘆了口氣。

「這樣啊……我還以為你終於來找我商量了……是我自以為是了。」

「商量……？」

「我說過『卡傑爾將軍，我非常能體諒你的心情。我希望無論何時都能助你一臂之力。要捕抓山賊的時候，請務必跟我說一聲』……這樣。」

「……啊！」

像是在說現在才想起來的反應，讓羅玫爾浮現出苦笑。

「怎麼，你果～然忘記了嗎？那時候去酒吧果然是正確答案吧。」

羅玫爾最後低聲說出的話，讓卡傑爾做出嚇了一跳的反應。

「儘管覺得不可能……但您在那個酒吧裡，是為了讓我到這裡來……是嗎？」

這幾乎是直覺。

然而以為是錯覺而沒放在心上的，卻是再明確也不過的話。

不可能，那只是純粹的偶然……心底雖這樣想，然而他會在那個酒吧裡，比起他父親說過了解人民的那個理由，這更能讓人接受。

實際上卡傑爾現在人就在這裡。

「我平時就會去酒吧是真的喔！我剛才也說過了吧……不過，說得也是……」

在苦笑著低喃的他眼中，閃著奇異的光芒。

「『這世上沒有偶然』呢。」

卡傑爾瞬間受到他的震撼，整個人愣住了。

「不可能……我那天會去那裡，是部下找我去的喔。那完全是個偶然。難不成您指示我的部下……？」

「對著已經超越尊敬到達崇拜你的那些傢伙，說希望把你帶出來應該要花上不少功夫吧。」

「不然，您是怎麼做到的……？」

「我認為人類要達到採取該行動以前，會有內部因素和外部因素。內部因素換言之就是思考的過程。那要考慮每個人的性格或舉止進而去想像。然後外部因素就是已經發生了的事情，和今後會發生的事件吧。採取行動就是斟酌那些得出的結果呢。」

面對說得一副若無其事的羅玫爾，卡傑爾起了雞皮疙瘩。

說成是偶然他還更能接受。

「這次的預測很簡單。總之上次的那些傢伙跟你去喝酒了對吧？這次的那些傢伙聽到那件事，訓練的最後一天不可能不帶你出去喝吧。」

打從卡傑爾就任將軍一職以來，就監督過許多人的訓練。

雖然除了直屬部下以外，是受到國家的請求……但因為想要參加的人很多，於是分組在一定期間內監督。

實際上上次監督的那組在訓練最後一天，確實有邀他去喝酒。

不過那是好幾個月前，而且只有過一次的事。

隸屬軍隊的人自不在話下，擔任宰相的羅玫爾能準確掌握訓練的日程也姑且不論，但是連去喝酒這個事實都知道，這件事讓卡傑爾大吃一驚。

「您的千里眼和順風耳到底有多強啊。」

「身為宰相，觀察軍隊的動向乃理所當然，去喝酒那種事沒有隱瞞的話，就會從人的嘴巴洩漏出來。是我在城鎮的酒吧偶然聽到的喔。因為你很有名。」

「不過真虧您知道啊。明明去的跟上次不是同一間店。」

「多去幾家店的話，就會知道騎士們愛去的店家了。」

卡傑爾有種渾身發冷的感覺。

眼前的人物，究竟能預料到多少事情……！

那已經不是預測，是預知了。

將四處散落的點和點連繫起來，做出推測，並且介入得出自己追求的結果。

這就是這個國家的宰相嗎？他為之戰慄。

「……您為何不惜做到那種地步也要幫我？」

「九成是身為宰相的盤算……你對這個國家來說，是現今不可缺乏的人物。相當受人民歡迎自不待言，你的存在本身可以牽制其他國家。實際上多虧有你，跟多瓦伊魯國的交涉才能順暢進行……因此你厭惡國家或是被擊垮的話，那我可是會傷腦筋啊。」

「國家……是嗎？」

「是喔。」

「……我明白您的實力，就因為明白所以想問問，您究竟要幫我什麼？恕我冒昧，我不認為您有打鬥的實力。」

「是啊……我連你的女兒也贏不了吧。」

聽見羅玫爾的話，卡傑爾猛然定住不動。

雖然從剛剛開始就一直在吃驚，但還是沒習慣。

他究竟看透了多少事情？

「您真愛說笑。小女身體虛弱，豈能戰鬥。」

「最近身體虛弱的女孩，能接二連三打倒山賊嗎？」

咧嘴笑著的羅玫爾，看上去像是有了十足把握。

卡傑爾立刻察覺那件事，嘆了口氣。

「我只是想做個參考……為什麼您會知道？對外姑且佯稱是由小女的替身兼護衛收拾的。」

「第一點，是從遭襲地點到王都的距離。誘餌會放在自己前頭或是身邊。若是由一名護衛當誘餌分頭行動，那樣比較有效率，可是誘餌卻是在從那裡以最快速度前進，能差不多趕上茶會的位置上。我在想會那樣子逼迫身體虛弱的大小姐嗎？」

「第二點是？」

「直覺。」

聽見羅玫爾的話，卡傑爾打從來到這裡之後第一次笑了。

「真不像是您會說的答案呢。」

「我自己也這麼覺得。不過……我親眼目睹並感受過。那讓我得到了最大的信心。」

「我女兒可不曾離開過領地啊。」

「我有出席你妻子的葬禮對吧？」

「……喔……」

「我渾身發冷啊。在那當中只有她死盯著前方看。在對現實的蠻不講理感到絕望的同時，又有著不願屈服那樣的強大……她的雙眼中蘊藏著那樣的火焰。」

卡傑爾側耳傾聽羅玫爾的話語，瞇細了雙眼。

一樣的。

和過去他在她身上感受到的東西一樣。

「我不明白什麼武術的才能。可是你的女兒，並沒有因為母親去世的『關係』而變得身體虛弱對吧。似乎是踹開病魔衝過去了。如果是男人的話，還真想讓她在我麾下鍛鍊呢。」

「您應該有兒子才是？」

「我想讓她跟小犬一起在我的麾下。他們倆要是能聯手，感覺能做出相當有意思的事呢……不過這種話是有點想太多了吧。」

「嗯。因為她是女性，最重要的是我也很期待她的武藝能提昇到什麼程度，所以不能讓給您呢。」

「呵呵呵……說得也是呢。話題扯遠了……不過我確實沒有武力。但我覺得我當文官也當得還行喔。為了方便你行動，我會提供最大限度的支援。跟我聯手的話……不光是山賊，連山賊的幕後，也能全都讓你擊垮喔。」

「山賊的……幕後？」

「怎麼，你還沒有調查到那裡嗎？那麼到你跟我聯手為止就先保密。」

「呵呵呵………哈哈哈………！」

卡傑爾笑了。

從丹田放聲大笑。

他的笑聲，甚至讓家具震出匡啷聲響……就是如此誇張。

「有趣、有趣啊。您要奉陪我的復仇到最後……因此，我理解成這是為了減輕我的負擔可以嗎？我可以全神貫注在為了自己而發揮力量嗎？」

從卡傑爾的內心深處湧現出的是充實感。

只要盡情發揮力量就好，行動時可以完全不必在意後續的事，是多麼棒的事情啊。

自己的本質頂多就是一名士兵……他笑事到如今才發現那件事的自己。

身為將軍，在戰場上東奔西跑感覺也不賴。

準確來說，看見戰況如自己所想那般變動，甚至會覺得興奮。

然而在平時，這個將軍的頭銜對他來說早已等同於一副枷鎖。

是各個部門之間的折衝。

不論是國家還是人，為了想跟著沾一沾他的榮耀，就將他呼來喚去。

討厭貴族社會的他，不管願不願意都已經深陷其中。

要如何才能不被帶著親切笑容接近的人們騙走，套出好條件。

誰管那種東西啊！卡傑爾發自內心那樣想，可是只要一想到部下們，他就無法逃走。

其實原本應該是部下做的事，就因為卡傑爾出面事情能順利運行，把很多事都推到他身上了也是原因之一……那是他所不知道的事。

總而言之那些負荷讓他舉步維艱。

「當然。難得聯手……首先給我想辦法改改你那正經的語氣。」

「抱歉！那麼重來一遍……老夫才要請你多指教啦！」

「好！」

就這樣，塔斯梅利亞的宰相和將軍用力地握了握手。

第二章　夫人，知曉挫折

鏗鏗鏗……刀劍相交的聲音響起。

「到此為止！贏家，達司！」

裁判高聲呼喊對手的名字。

我一邊吐氣一邊收起模擬戰用的劍，離開了鬥技場。

一如既往的練習課表。

然而映入眼簾的光景卻不是往常的景色。

這裡是王都安德森侯爵家的別邸。

在那場山賊騷動以後，我祕密來到這座王都的別邸。

不知為何我仍然在扮演著護衛和替身。

據說真正的我由於山賊騷動的打擊過大倒下，如今在安德森侯爵領的偏僻鄉村療養中。

……雖說是在安德森侯爵家，但還是在王都，我大搖大擺地揮劍也是個問題吧。

不過那樣倒也不錯。

在王都不光是護衛隊，國軍和騎士團的眾人也會參加父親大人的訓練，對手的種類也增加了。

有許多嶄新的發現，相當有趣。

雖然我不是大小姐……用不了我原本的房間，得待在客房。

多虧如此，我也養成日常生活基本上都自己動手的習慣。

……不知怎的，有種我離侯爵千金的生活越來越遙遠的感覺。

先不說那些，我不明白父親大人的真實想法。

為什麼要在這時候讓我來王都。

說到不明白，父親大人的態度也是。

雖然不知道是為什麼，但發生了那件山賊騷動後，感覺父親大人似乎充滿活力。

像是卸下肩上的擔子，恢復到原本的父親大人那樣……

不過……儘管說是變了，但總覺得是朝著好的方向，所以沒關係。

好久沒見到他跟部下一起放聲大笑的樣子了。

而且有所改變的也不光只有父親大人。

我也是。

那一天那一刻，我第一次上場戰鬥。

不是剛剛那樣的模擬戰。

是攸關他人生死的真正戰鬥。

我肯定不會忘記那每一個瞬間吧。

有一陣子都食不下嚥。

也有過許多個猛然感到痛苦、無法成眠的夜晚。

然而我不曾有過像那一瞬間那樣切實感受到自己活著。

血液滾燙到像要沸騰一般，可是意識卻在內心深處非常冷靜，身體由於極度的緊張而顫抖。

那種感覺附著在我身體的最深處無法抽離。

……明明是那樣——不對，應該是正因為那樣吧。

最近的我狀態不佳。

剛才的比試也一樣，我變得一勝難求。

身體跟不上自己的想像。

我不禁感到煩躁。

……不行。

只是因為我還很弱。

身體跟不上自己的想像什麼的，我在說什麼喪氣話啊。

為了告誡自己，我緊握拳頭。

「喂，梅露！要集合了。」

「啊，是！」

聽見前輩叫我，我便跟在他後頭。

因為一直用那個名字叫我，我已經完全習慣了。

走路的期間，同樣聚集過來眾人的視線扎在我身上，讓人覺得難堪。

面對這種狀況，我在內心嘆了口氣。

……在安德森侯爵領，一開始讓我參加訓練的時候也是這種感覺。

然而現在感覺比之前的狀況還要更加惡化。

也是因為我的個頭小別人一倍的關係吧。

為什麼這樣子的少女、這樣子的弱者在參加每個人都盼望的將軍的訓練……他們那樣的心聲我一清二楚。

然而最嚴重的是身為貴族的騎士大人等人的反應……應該說視線令人難堪。

我姑且算護衛兼替身，因此對外的身分是一介平民。

至今不曾跟平民一同生活的騎士大人等人，與平民應對時態度非常差。

國軍弟兄似乎對此有所不滿，說起來我也是。

但軍人之中即使是父親大人的親信，聽說他們也是用那樣的態度。入境隨俗……有這種想法的，應該不只我一人。

訓練結束後，我進入宅邸內。

「梅露，主人叫妳過去喔。去跟客人打招呼。」

出來迎接我的婆婆對我如此搭話。

我要應答之際，婆婆忽然貼近我的耳邊說道：

「……也把少爺叫來了，他已經在主人的會客室裡了。」

婆婆是唯一知道我不是替身的僕役。

明明遇上了那種事，婆婆依然服侍著我。

我真的很感激有婆婆在。

我一面那樣想，一面在不怎麼習慣的王都侯爵家別邸中前進。

話說回來客人究竟是誰呢？我思考著那種事的同時，進入父親大人的私人房間，那裡除了哥哥以外，還有一個男人在。

「叔叔！」

我呼喚背向門口坐著的人。

「喔～小姐也來了嗎？我現在正跟少爺在忙呢，妳稍等一下喔。」

叔叔轉頭看了我一眼如是說，接著再次面向哥哥那邊。

看樣子他們是在玩棋盤遊戲。

看了看臉色，哥哥那邊似乎處於劣勢。

我一直盯著他們兩人進行中的遊戲看。

即使看著盤面，但遊戲是怎麼進行的我並不明白。

除了因為我不擅長遊戲，也是因為他們兩人在遊戲上的運籌帷幄就是如此深奧。

叔叔……更正，是羅玫爾先生，據說是父親大人的好友。

會用據說是因為他是那樣介紹的。

聽說他們在酒吧認識彼此氣味相投，偶爾會來這裡跟父親大人聊聊天，和哥哥像這樣一起玩遊戲。

雖然叔叔是平民……不，可能就因為是這樣，他們似乎相當投緣。

……他跟父親大人是真的感情很好，那種樣子即使是旁觀也能一清二楚。

乍看之下隨處可見的大叔。

……仔細一看他的容貌相當英俊，可是由於裝扮和舉止的關係，感覺那並不怎麼顯眼。

哥哥認輸了。

「喂喂喂，少爺。要放棄還太快了啦。這裡不是還有路可走嗎？」

「啊！」

哥哥望向叔叔指出的地方，很不甘心似的發出了聲音。

「四手以前你那一手下的不好。這裡放這邊的話，我就非得防守了。然後這樣做的話……你看，就變成勢均力敵了吧。你會在關鍵時刻選擇穩妥的那條路。兩個星期前進行第二局的時候，也發生過同樣的事情。」

叔叔接二連三指點著哥哥。

哥哥沒有漏掉任何一句話，相當認真地聆聽。

據說棋盤遊戲的起源，是用在戰略上的東西。

因此打從哥哥認真地開始學習戰略以後，棋盤遊戲就成為他的愛好了。

哥哥的技巧進步得很快，到了連大人都嘖嘖稱奇的地步。

對上來訓練的成員是百戰百勝，而對手是負責戰略的人員的話，玩三場大概是兩勝一敗吧。

總是能把那樣的哥哥打得落花流水的就是叔叔了。

他的腦子究竟是什麼構造，我實在很想看看他的腦袋瓜裡頭。

「好啦，怎麼樣？少爺你滿意了嗎？」

「……嗯，是啊。到您下次再來的這段期間裡，包括這次的戰鬥，我會好好複習喔。」

「喔，就這麼做吧。哎呀，我每次來少爺都變得更強了，我覺得很有趣呢。」

叔叔呵呵笑著。

跟他面對面的哥哥則是儘管嘴角浮現笑意，眼中卻燃起了鬥志。

那雙眼睛讓我忍不住看得出神。

我鮮少見到哥哥對任何事物有所執著的樣子。

……是說，果然打從母親大人去世之後，哥哥多半就只想著要成為優秀的下任侯爵家主人並付諸行動。

而且哥哥為此而被賦予的課題，意外地不管是什麼他都能得心應手地處理好，所以我沒什麼見過他感到不甘心的樣子。

但是如今在我眼前的哥哥不一樣。

總覺得他好像很開心。

就像小時候那樣，感情表露無遺。

我也不知怎的覺得很高興。

……不過聽見他說的內容我也嚇了一大跳。

哥哥所說的「複習」，是徹底重現比賽的流程，然後考察哪個地方是怎樣不行。

換句話說，他把迄今的比賽自始至終全都記住了。

不光是叔叔，哥哥的腦子跟我的構造也不一樣吧。

「叔叔為什麼會開始玩棋盤遊戲？」

「嗯？當然是因為好玩吧。」

「叔叔您要是能當上軍師就好了。雖說也許是我偏心自己人，但能贏哥哥贏得這麼徹底的人，就算是軍師也沒幾個喔。」

「戰爭跟棋盤遊戲看起來像，實際上卻不一樣喔，小姐。」

叔叔玩弄著手掌上的棋子。

「是嗎？」

「是啊。棋盤是平面的。棋子本身有既定的規則，不會思考……少爺你應該明白我在說什麼吧？」

「是說在戰場上，需要更加立體的觀點這件事嗎？」

「……比方說？」

「天候、地形……還有我軍規模、能力以及士氣。此外也包括對手的那些條件。」

「就是這麼回事。曉天曉地……還要知己知彼。我認為在這之上還會根據戰爭前做些什麼、準備些什麼而得出結果呢。不過這個遊具能成為學習其中一部分的好教材吧。只不過……」

叔叔說完以後，將棋子放在盤面上。

不光是放著，還用手上的棋子掃倒盤上的那些棋子。

「也會有能像這樣，擁有能讓那些計策消失無蹤那等武藝的傢伙吧。就像你們的老爸那樣。」

叔叔浮現一記苦笑，嘆了口氣。

「……聽您這麼說，我就覺得叔叔果然能成為一個好軍師。」

「我已找到了我的戰場……喝酒也是了不起的戰鬥。對吧，卡傑爾？」

叔叔說著說著，又喝起手邊的酒。

「是啊。那裡有著不能妥協的戰鬥。」

父親大人不知為何手拿酒杯。

「所以，我們再喝一杯吧。這杯已經沒了。」

「那可不行啊。」

他們兩人哈哈大笑，喝了好幾杯酒。

……怎麼覺得剛才說的那些話全都糟蹋掉了。

哥哥匆匆忙忙地移動座位。

嗯，酒臭味是挺難受的呢。

「小姐，妳那樣一臉鬱悶，福神可是會溜掉的喔。」

叔叔亂摸一把我的頭。

「妳一直那麼緊繃的話，重要的時候可是會繃斷的喔。要不然，我們一起喝一杯？」

「叔叔，我還未成年。」

「我開玩笑、開玩笑的。妳看，妳老爸在瞪我啊。」

「那是當然的吧。」

說出那句話的父親大人儘管真的在瞪著叔叔，但果然還是很開心的樣子。

看見那副樣子，我也不禁笑了。

……多久沒這樣子了呢？

家裡的氣氛竟然這麼開朗。

感覺好懷念，那回不去的情景令人哀傷。

我想一直看下去，瞇細了雙眼。

然而時間會不斷前進。

過於溫柔的過往幻影，會讓我的覺悟變得遲鈍。

「……叔叔，今天跟您見面很開心。請您要再來喔。」

我向那幅情景告別，再次前往訓練場。

下午的訓練有騎士團的加入。

做完往常的課表以後，模擬戰就開始了。

我的對手是騎士團的年輕人。

至少是我在安德森侯爵邸中，第一次見到的面孔。

……據說是被稱為騎士團年輕一代的希望，那樣未來可期的人物。

符合事前聽到的評價，他的劍招銳利且迅速。

每一次交鋒之際，我都知道自己漸漸遭到壓制。

就在這時候，我衝得太過頭反倒被對手的節奏牽著走，最終劍被彈開了。

……我到底是怎麼了呢？

我的身體無法如我所想的行動。

我分明知道，但卻反應不及。

「……到此為止！贏家多納提！」

裁判的口令響起。

我因為不甘心和自己的不中用，忍不住緊咬嘴唇。

「……聽說是卡傑爾將軍的祕密武器，我還很期待的……說到底就是這種程度嗎？」

對手……多納提直言不諱。

「妳別誤會了。妳是跟卡傑爾將軍的愛女年齡相近才被提拔為護衛，只是因為那個任務卡傑爾大人才會教導妳。妳仍舊是一介平民，像妳這種人能在這安德森侯爵家滿不在乎地接受訓練，讓我覺得很不悅。」

面對說完那些話後離開鬥技場的他，我完全無法回嘴。

雖然說諸如「你說的祕密武器是指誰？」之類的，我有很多想吐嘈的地方。

不過他的那些話扎在了我的心上。

我是因為我的出身，而置身在得天獨厚的環境，這點我無法否定。

畢竟從開始拿劍的時候起，我就受到我國憧憬的英雄卡傑爾將軍的指導。

多少現役士兵們或騎士們即使盼望也無法得到的東西，我卻理所當然般得到了。

那除了是得天獨厚以外還能說是什麼。

實在羞愧。

我不甘心。

或許是我在不知不覺間傲慢了起來。

……以為自己變強了。

以為自己變強，所以得到周遭的認可。

在安德森侯爵領接受訓練的時候，同樣接受訓練的護衛隊眾人的態度軟化——我以為是因為那樣。

然而現實說不定並非如此。

只是因為我是受到身為安德森侯爵家主人的父親大人關注的存在。

那就是原因。

實際上根本沒人管那種事……不如說在甚至因此能感受到嫉妒的眾人匯聚的王都，接受訓練時周遭的視線至今仍很嚴厲，再加上還贏不過叫多納提的那個男人。

不對……是還沒能獲得一勝。

……說不定不光是態度軟化，我甚至覺得在模擬戰對戰的時候，對手有手下留情也不一定。

思考漸漸偏向負面……可是我不能在這裡落淚，於是我一口氣憋在肚子裡。

然後忍耐到訓練結束為止，在結束的那一瞬間……我跑到街上去。

我不想在家裡哭。

我不能哭。

父親大人也好、哥哥也好、婆婆也好，我不想讓任何人知道。

不是哭泣這件事，而是哭泣的原因。

雖然只是微小的自尊，但我沒有勇氣再繼續傷它。

我的目的地是在王都內部的塔。

父親大人過去曾經帶我去過的地方。

儘管要進入塔內當然會有看守的士兵，不過都是在我家接受訓練的人員，我們是熟人，所以

毫不費力就讓我進去了。

爬上長長的樓梯，抵達了塔頂。

這裡的風景非常棒，能眺望王都。

由於是蓋來當緊要關頭時的瞭望台，不開放給一般人。

正因如此，能看見如此美麗景致的這裡，如今只有我一個人在。

我第一次在這裡看風景的時候，深受感動。

可是現在，我因為雙眼濕潤看不清那片景色。

剛才忍耐的情緒，想到自己孤身一人，就瞬間爆發出來，眼淚隨著情感接二連三地溢出。

「……嗚…………嗚嗚嗚嗚嗚——！」

不甘心。

好羞愧。

……好悽慘。

簡直就像個小丑不是嗎？

看著我的時候，大家都是越過我看著父親大人。

可是我卻……

累積在內心的負面情緒，重重地壓得我的胸口好痛。

即使哭泣，也不會減輕半點重量。

不如說只會變得更加沉重。

我想大喊大叫，就在我張開嘴巴的時候……

喀啦，我聽見有東西發出聲音。

「……是誰？」

像是在遷怒似的，我用嚴厲的聲音質問素未謀面的對方。

「我才要問妳是誰？這裡不是小孩子能進來的地方喔。」

在那裡的，是比我年長一些的男孩子。

「……這麼說起來你才是，你看上去不像是這裡的相關人員。」

「我以前陪家父視察時，曾經來過這裡。從那之後，視察這裡的工作就姑且交給我了……所以，妳呢？」

「……家、家父……是軍部人士。也曾經帶我來過這裡。我跟門衛也是熟人……」

實在很難啟齒。

我所遷怒的男孩子，他是有原因才來到這裡。

可是我只是為了想一個人獨處這樣的任性而身在此處。

而且還是因為有父親大人的名字才做得到的事。

明明直到剛才都在為父親大人的存在感太過龐大感到迷惘，為了自己太過軟弱，無法從他的掌中振翅高飛感到羞愧而哭泣，結果我還是在用父親大人的名字。

一思及此，方才差點要爆發出來那火熱的情感，突然間冷卻了下來。

「然後妳就進了這裡嗎？」

「……對、對不起。我真是的，明明是因為私事闖進這裡，還用那種口氣對你說『是誰？』，我現在馬上就出去……」

「……等等。」

他攔住站了起來的我。

「我也是在耍帥才說是工作，但這並沒有正式的任命。我喜歡從這裡看出去的景致，家父允許我進入這裡的時候，說交換條件是要報告這裡的狀況……他只對我提出了這麼寬鬆的條件而已。所以我並沒有資格責怪妳出現在這裡的事。說到底如果妳跟這裡毫無關係，是冒險順道偷偷潛入的話，會讓人很頭痛『這裡的警衛到底是怎麼回事』就是了……」

……我給守衛他們也添了麻煩呢。

雖然到現在才想到，但總覺得自己的愚蠢程度才令我頭痛。

「……反倒是我才抱歉。沒有向妳搭話，做了宛如在偷窺的事情。」

「不是你的錯。你明明沒有錯……我卻……」

之後，我嘀咕著說起了自己的境遇。

以父親大人創造出的護衛角色。

途中，他坐到我的身旁靜靜地聽我說。

「……會有人那樣說妳是理所當然的吧。」

聽完我的故事，他劈頭第一句說的就是那句話。

果然是那樣啊……我感覺就像是有重石壓在我的心中。

「妳為什麼要哭成那樣？妳身在得天獨厚的環境，那的確是事實吧？而且跟妳對上的那個男人所說的話是真的。不過……是不值得一聽的蠢話呢。」

「明明是真的，卻是蠢話？」

「就因為是真的。事實是發生過的事情，絕對無法推翻，只有一種可能。相對的真實則是個人主觀的結論。那只不過是那個男人對於妳向令尊學劍這件事的理解罷了。」

「……好難懂。」

「簡單來說，就只是嫉妒而已。是用事實當盾牌，將自己的感情透過言語發洩出來罷了。如果那種事都要一一介意的話，身體會受不了的。」

「可是我的力量不足，那件事是真的……」

「那又如何？」

對於他的問題，我無言以對。

「對於自己的力量不足感到羞愧很好，但是沒必要變得自卑吧。向著目的，只要看準前方前進就行了。為此利用自己現在所擁有的東西，有什麼不對？那種蠢話妳沒必要放在心上。」

「……看準前方前進……」

「沒錯。妳是為了什麼修習武術？……如果沒有無法退讓的東西，妳還是趕緊收手吧。因為未來會出現很多像那男人那樣的傢伙。」

那個男孩子的話，令我深受感動。

……沒錯，我有目的。

不管有多痛苦、有多難受，就算未來什麼都得不到。

我都不會原諒奪走我重要事物的人。我一定會讓對方得到報應。

我已經做好那種覺悟了。

正因如此，我把視線從那過於溫柔的情景上移開了。

力量不足？……那麼提昇就行了。

周遭的人不認可？……打從一開始，我就不追求那種事。

我只追求能留下我想要的結果的力量。

那麼一想，便覺得我的視野變得開闊了。

「……謝謝你。我覺得舒暢不少。」

「這樣啊。」

「你的忠告讓人深有體會呢。」

「……因為我總是那樣說給自己聽。」

「……那麼我跟你也一樣呢。」

「是啊。」

我凝視著他。

儘管五官端正，給人與其說是美麗，更像是恐怖的這種印象，應該是因為他的氛圍時常讓人覺得犀利吧。

他的身材就我來看，沒有在正式修習武藝吧……首先，我似乎不會輸給他。

但這是為什麼呢？

不是那方面的問題，我贏不了他。

我有那種感覺。

「……我的名字叫梅莉。雖然不曉得會不會再見面，請多指教了。」

我不知道為什麼報上的不是梅露，而是父親大人叫我的小名。

「我的名字叫路易……請多指教。」

就這樣，我們互相握了握手。

†††

我一如往常揮劍。

在練習完所有招式之後，我腦中描摹著多納提的動作，像是在跟他戰鬥似的動著身體。

……打不到嗎？

在我一面對於自己的敗北感到不甘心，一面開始擦汗的時候，跟父親大人同一部隊的人們同樣為了訓練開始零零星星地出現了。

「……從一大早就很努力呢。」

一回過神就發現父親大人站在附近。

「卡傑爾大人！早安。」

姑且在外頭，我便貫徹護衛的角色，向父親大人打招呼。

「嗯，早安……怎樣，要跟老夫比試比試嗎？」

「請務必。還請多多指教。」

然後我跟父親大人用模擬戰用的劍開始戰鬥。

鏗！發出刀劍相交的聲響。

用力量硬拚贏不了，所以我很快就後退了。

「妳的劍招變了呢。」

在比試的途中父親大人低聲嘀咕。

「變得更加實戰取向。招是不錯，不過……能感覺到猶豫。」

「……猶豫嗎？」

「沒錯。明明揮下去的那一刻很勇敢地瞄準對方的要害，但在就要碰到對手以前，卻變得遲鈍了。那樣不上不下，會讓人有機可乘。」

我的劍鈍了？

確實最近我自己的動作和腦中的想像無法重合，讓我感到非常地不協調。

原因就是那個嗎？

「妳遇上了真正搏命的戰鬥……會變得害怕揮劍或許也是情有可原。所以老夫至今都能容忍。」

父親大人的劍彈開了我的劍。

「……可是，妳未來如果還要那樣持續下去……就扔掉劍吧。」

冰冷的視線。

簡直就像看不起人似的，他銳利的視線扎在我的身上。

父親嚴苛的話語和那一樣扎在我的心上。

表情嚴肅到讓人害怕。

「說到底，劍是殺人的道具。打從握在手中開始，就必須有殺掉對手的覺悟或自己被殺的覺悟。妳以前從老夫手上接過劍的時候，說過已經盤算好了對吧？」

「……是的。」

「但是妳要是心態崩潰就扔掉劍吧。然後別再踏進訓練場。」

氣氛相當緊繃。

然後在下一秒，父親大人朝著我揮劍。

我躲開了那一劍。

那跟往常的父親大人不同。

讓人感到難受的氣勢。

「怎麼了！妳就只有這麼點覺悟嗎！」

我無法拿起被彈開的劍，只能一個勁兒地不斷躲開父親大人的劍。

他的怒吼讓我的肌膚感到刺痛。

好可怕。

……可怕？

我就只有這麼點覺悟嗎？

我所培養的東西，我所花費的時間，會這麼輕易就崩盤嗎？

……不對。

不對、不對、不對！

我發誓過不會輸給蠻不講理。

我發誓過要向奪走母親大人的一切復仇。

無論捨棄什麼。

就算什麼都得不到。

已經很努力了，到這裡就是極限了呢。如此笑著告一段落——我從一開始就沒有那麼溫和的想法。

我要貫徹我的任性。

就算為此有必要利用周遭人。

我要達成我的目的。

……那麼我就不能在這種時候輸給父親大人。

那樣下定決心之後，我自然而然將手伸向了劍。

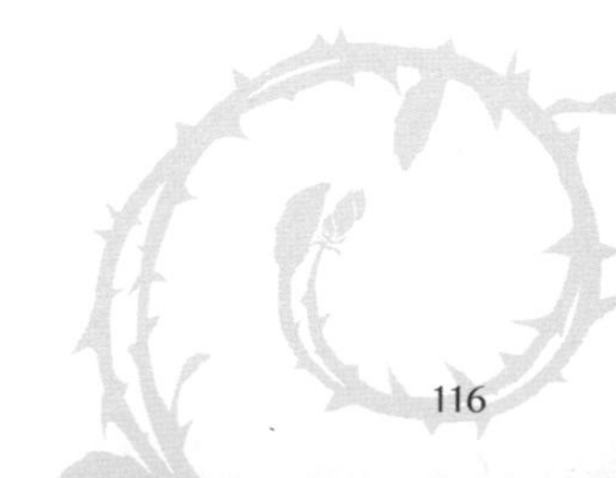

然後揮動。

身體隨著腦中描繪的那樣做出反應。

我甚至感到父親大人的動作……不對，是連世上的時間都感到很緩慢。

我一個箭步，貼近父親大人懷中。

接著我把父親大人的劍向上挑。

父親大人對我的動作反應慢了一拍，劍輕輕飛了起來。

我看準這個空檔，把劍放在父親大人的頸子上。

「……老夫確實看見妳的覺悟了。」

聽見那句話，我退後一步。

「我也要向您道謝……多虧有您，我想起了重要的事。」

接著我就這樣面帶微笑道謝完以後，流著汗回到了宅邸裡。

†††

「喔，起得真早啊。」

「早安，克洛依茲先生。」

向我搭話的人，是克洛依茲先生。

是很會照顧人的人，會各方面關照我。

是父親大人的左右手，很強。

儘管他高頭大馬，臉看起來有點嚴肅，卻是個隨和又溫柔的人。

「嗯，眼神不錯。雖然昨天的臉色很差，但看樣子今天似乎沒問題了。」

「……不好意思讓您擔心了。」

「是我自己要瞎操心的，妳不用在意。」

他輕輕拍了拍我的頭。

那動作相當自然，大大的手讓人覺得很溫暖。

接著很快地開始了基礎訓練。

基礎訓練是單純當成熱身運動，為了舒緩筋骨、提昇體力而活動身體。

騎士大人們基本上不參加這種運動，因此聚集的人很少。

一開始宣布訓練內容時，明明是一樣的內容，我卻完全做不來。

即使如此我也緊緊跟上不放棄，如今已經理所當然能完成了。

今天比起昨天。

明天比起今天。

一個一個學會。

做不到的事一個一個變得能夠做到了。

換句話說，就代表一直以來到現在的時光絕對沒有浪費掉。

……能夠如此積極正面地思考，都是多虧昨天遇見的那個名為路易的少年。

在結束基礎訓練後，直接開始模擬戰。

接下來騎士大人們就會參加了，但今天卻沒有看見多納提的身影。

……無妨。總有一天，我會跟他在這裡相見吧。

到那時為止，只要我有所成長就行了。

比起現在成長更多。

我一面想著那種事，一面察覺自己內心雀躍而苦笑了下。

……要成長到什麼地步，才能讓那個男人倒地？

……未來我能變得多強？

越是思考就覺得內心越是雀躍。

我帶著那樣愉快的心情被叫到名字，登上了鬥技場。

接著模擬戰就開始了。

我的身體很輕盈。

思考相當清晰。

身體能隨心所欲地動。

就如同過去的山賊騷動時那樣。

「贏家，梅露！」

在我回過神來的時候，裁判的聲音響起。

儘管比想像中還要早結束，有一點不夠盡興的感覺，我仍然收起劍走下了鬥技場。

「唷，小姐。」

我一邊走路一邊擦汗的時候，路過的克洛依茲先生向我搭話。

「……今天很厲害呢。」

「謝謝您。能聽見克洛依茲先生您這麼說我很高興。」

我面帶笑容向他道謝。

然而克洛依茲先生卻皺起眉頭，露出嚴肅的表情。

我跟他的之間的情緒差距之大，讓我不禁差點露出苦笑。

「別這樣……看到臉色是覺得沒問題，但今天的劍招相當犀利。不，與其說是犀利……」

克洛依茲先生在說話的期間，表情變得越發認真嚴肅。

「……我說小姐，我可以問妳個問題嗎？或許對妳來說是很難回答的問題。」

「有些事我能回答，但有些事我不能回答。」

「小姐妳為什麼拿劍？」

「……我沒有拿走克洛依茲先生的劍啊？」

「不是那種『拿』！是妳為什麼會決定學劍？」

為什麼要問我那種問題呢？

儘管湧現出那種疑惑，但並不是特別難答的問題。

「……因為家母被殺了。」

所以我平淡地說出了事實。

明明只是回答他的問題而已，不知為何克洛依茲先生卻一瞬間浮現出似乎很訝異的表情。

「我說了什麼奇怪的話嗎？」

「沒有……」

他一瞬間像是語塞般頓了一下。

「我只是想問問像小姐妳這樣的小女孩，為什麼會拿起劍……抱歉。」

「克洛依茲先生你沒必要覺得有責任喔。」

我故意用輕鬆的語氣發言。

「不，那可不行。明明是國軍，卻無法保護國民的這件事擺在眼前。就算小姐妳這樣講，我

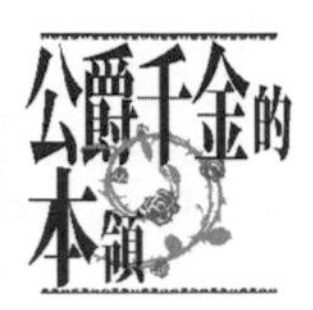

也無法原諒自己……就算我知道以一己之力要保護所有人，就現實來說辦不到……抱歉，叫住了妳。」

此時我正好聽見父親大人喊了聲「集合」，好像是模擬戰也全都結束了。

「不會。」

然後我跟克洛依茲先生便前往父親大人那邊。

†††

「……打擾了，將軍。可以耽擱您一些時間嗎？」

卡傑爾正在安德森侯爵家辦公之際，克洛依茲如是說並走進了房間。

「現在正好告一段落，所以，有什麼事嗎，克洛依茲？」

相對於卡傑爾露出一臉燦笑，克洛依茲卻維持著嚴肅的表情。

甚至會讓人覺得他在深思苦索那樣的嚴肅。

「我想跟您聊聊關於梅露的事。」

「梅露發生了什麼事嗎？」

聽見女兒的名字，卡傑爾的神情也變得認真。

「與其說是梅露，不如說是將軍您……您打算讓梅露做什麼？」

「老夫不懂你的問題。」

「我今天……覺得她很可怕。看到那女孩的模擬戰……」

「她擁有很出色的才能對吧？」

對於卡傑爾的話，克洛依茲回以一記苦笑。

「……在模擬戰開始不久前，我感到她身上的氛圍變了。渾身都是在戰場上感受到那樣濃厚的殺氣。我非常難以置信那是從那樣的小女孩身上散發出來的。」

然後他沒有肯定也沒有否定，只是將他忠實的感受傳達給卡傑爾。

「實際上模擬戰開始以後，她揮劍時用的是真能殺人的劍招。不顧危險，防禦也完全是九死一生，毫不猶豫地貼近對手。簡直就像在享受會喪命的風險……不對，說到底她的戰鬥方式，就像是在說失去自己的性命也無所謂那樣。」

他是純粹地……害怕她。

那就是克洛伊茲和梅露莉絲對話時表情嚴肅，說話出現奇怪停頓的原因。

克洛依茲是國軍士兵。

當然也有過身處性命交關之地的經驗。

但即使如此……不對，正因為這樣才害怕。

不論是簡直像是身體裡藏了一把刀那樣銳利的殺氣也好，或是她的戰鬥方式也好。莫名其妙……甚至會覺得彷彿看見了其他世界的人，她的那一切就是那麼突出。

就因為那種異質，他感到害怕。

與此同時，他感到畏懼。

一想到一個小女孩要到達那種境地要花費多少時間……並且需要多大的覺悟呢？

「……那就是梅露。」

卡傑爾平靜地，像在告誡那般說道。

「不如說打從來到王都以後，她的劍才是失去了自己的風格。那是原本的她、原本的她的劍。」

「……將軍您為什麼要教她劍？依在下愚見，那是……絕對不能喚醒的才能。那種殺氣和覺悟……只要走錯一步，就算心靈崩潰也不奇怪。就不能讓她走一條穩當前進的道路嗎？」

「……那是老夫的自私。」

卡傑爾低喃道。

「老夫也是妻子遭山賊殺害而失去了她。是一丘之貉。老夫沒有資格制止她……再說她能學劍，就能當老夫女兒的護衛，保護女兒的人身安全。」

梅露是他的親生女兒這件事，就算面對國軍中自己的部下也是機密事項，因此他說話時摻雜著謊言。

「……不過她的才能超乎老夫想像。教她基本招式，她就能跟老夫一再進行模擬戰……就算不教她，她總有一天還是會習得那種風格喔。」

「……為什麼打從來到王都後，風格就變了呢？」

「是因為她明白了實戰吧……老夫激勵她一下，她馬上就回復原樣了。」

「換言之，今天她的劍法會回到從前那樣，是因為將軍的關係嗎？明明有可以回頭的路。害怕劍的她，為什麼……！」

「……那傢伙不是在畏懼劍。她是在害怕自己的才能。」

「自己的……才能？」

「她的才能就是能輕易奪人性命。來到王都之後的那傢伙，跟在老夫領地時不同，非常綁手綁腳。明明只要隨著想法揮劍就能獲勝，她卻下意識故意踩煞車。這陣子趁著跟大家一起訓練前，她跟老夫對打過……當時她沒有那樣踩煞車就是好證據。能輕易奪走對手的性命——她能看見那樣的未來於是壓抑自己。換句話說，就連老夫訓練的國軍眾人，也敵不過那傢伙。雖然這對你來說是件殘酷的事。」

「……不會吧……」

「……如你所言，那傢伙有危險的一面。即使捨棄一切，得不到任何東西，她也要為了復仇

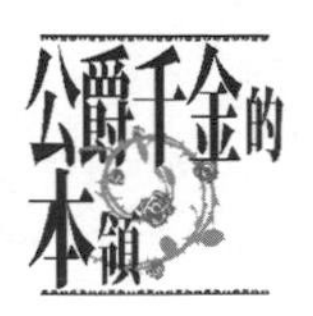

拿起劍。對她來說，劍就是一切。」

「……那麼，只要找到那以外的路不就好了嗎？」

卡傑爾面對克洛依茲的喊叫，浮現出哀傷的笑容。

「……老夫自己也希望那樣做。」

「那麼……」

「可是，你太小看那傢伙的覺悟了。不對，老夫也一樣吧……」

「……此話怎講？」

「比起鼓勵她，我更想攔住她不要走上使劍的這條路。已經受挫的心，如果再對她說一堆嚴厲的話，我想就會完全挫敗的。」

那時候卡傑爾在內心呼喊著「不要拿起劍」。

已經可以了，夠了……

但是她卻表示抗拒。

不如說卡傑爾一瞬間在梅露莉絲身上清清楚楚感受到，令人深信一旦捨棄了劍，她的內心就會受挫那樣的氣勢。

「那傢伙的心勉勉強強地活著。把劍視為一切，除此之外什麼都看不見。她明白未來得不到任何東西，還是選擇了那條路。不論是用武力還是任何方法，那傢伙都不會放棄劍。那麼　來，她的迷惘反倒會令她身陷危機。若是她習慣壓抑力量，未來可能會成為她意想不到的死穴。因此必須讓她隨心所欲地揮劍。從現在的立場來看，要讓她離開這條路只有一個方法。」

「……順帶一提，那個方法是？」

「結婚。」

就算打敗了復仇對象，只要她是安德森侯爵家的女兒，就會出現盯上她的人。

阿爾梅利亞公爵那樣暗示了卡傑爾。

假如那是正確的……不對，只要有那種可能性，她就非得保護好自己才行。

想要不用那麼做，就只有她卸下身為英雄女兒的頭銜，成為夫家之人的時候。

「會有人栓得住她嗎？我想如果是膚淺的對象是不行的。」

「你有在仔細觀察那傢伙呢。」

卡傑爾說著笑了笑。

「老實說老夫也不清楚。如果那傢伙有了比起如今自己的願望或一切還要更重視的對象，那也可以……你剛才問老夫想拿那傢伙怎麼辦，答案是老夫也束手無策。老夫只一心希望她能忠於自我得到幸福，就只是那樣而已。然而那樣卻也是件難事呢。」

「……您簡直像是她的父親在說話呢。」

「老夫覺得自己是那傢伙的父親喔。」

「……我已經充分了解將軍您的想法了。做了像是在測試您的事，實在萬分抱歉。」

「無妨。今後你也好好關注那傢伙吧。」

聽見那句話，克洛依茲低下頭表示了解。

†††

我定睛細看眼前的風景。

打從輸給多納提哭泣的那天起，我不知為何很中意從這座塔眺望出去的風景，變得在訓練結束後常來這裡。

「……今天還是渾身帶刺的氛圍呢。」

「是嗎？」

覺得好像有人，原來是路易嗎？

我有想過可能還會再見面，但沒想到會這麼快。

「真要說的話，就是我誠實面對自己了吧。」

「哦……」

他如此回我，在我身旁坐下。

「我說，你有什麼想達成的事嗎？」

我忽然感到好奇，對他提出問題。

「……怎麼突然問這個？」

「因為之前都在聊我的事。我想問問你的事情。你也是在得天獨厚的環境裡遭受批評吧？即使如此你也沒有沮喪……我想那是因為你有什麼想達成的事喔。」

「……妳覺得明天也會跟今天一樣，理所當然般地到來嗎？」

「那是什麼問題啊。嗯……答案是不會。」

聽見我的回答，路易一瞬間露出訝異的表情。

「家母被殺了。我曾經對於有家人在，跟昨天一樣的今天，跟今天一樣的明天也會來臨這件事深信不疑。日常生活什麼的，完全無法預知在何時何地會發生什麼事。」

「……這樣啊。抱歉。」

「不。沒什麼，我並不打算隱瞞。所以，你接下來要說什麼？」

「……家父帶我去過在多瓦伊魯戰役中犧牲者們的墓地。到有一大串名字的那個墳墓，那裡有著人民以及為了守護人民而戰的士兵們的名字。」

「……喔。」

在父親大人這個英雄出現以前，戰況處於劣勢。

那也造成了許許多多的國民和士兵們的犧牲。

「也見了參加過戰役受傷的士兵們……明明傷患們是為了國家受傷，我看到現況卻並非所有人都受到治療。現在由於家父的指示，狀況似乎已經漸漸消除了……這個國家為了維持這樣的日常生活，有很多人付出了犧牲。如今在某個地方，依然有某人正在付出。那是為了保護這個國家嗎？不，沒有人關注著那麼龐大的事物吧。他們是為了他們想保護的事物而戰的吧。」

路易輕輕指向窗外。

「那邊的那個人有重要的人們，而那些人們也有重要的人。那裡的人是，那邊的人也一樣……就這樣，許多人聚集起來才能成為國家。儘管要傾聽他們每個人的話很困難，但我想保護能讓他們每個人安心生活的國家。為了不破壞這日常風景，我希望自己的腦子能幫上忙。我希望不要忘記對犧牲者們的敬意，繼承他們的遺志。我是那樣想的。」

「……為了保護……是嗎……」

那種心情我無法理解。

不如說讓我想吐。

「那麼你為什麼不拿劍？」

那是我的真心話。

不需要保護別人啊。

強大就是一切。

光是弱小本身就是種罪過。

……然後我最討厭把那種弱小當成擋箭牌的民眾。

用弱小當擋箭牌，受到父親大人的保護。

然而保護到最後，卻奪走了父親大人的……我們最重要的事物不是嗎？

只要夠強就不會受傷了嗎？

只要夠強就不會流淚了嗎？

只要夠強，受到什麼樣的對待都沒關係嗎？

……怎麼可能。

為什麼強者必須幫助弱者？

弱者只要自己變成強者就行了。

然後能保護自己就行了

為什麼強者非得對他們負責？

……我不明白。

所以克洛依茲先生向我道歉時，我真的嚇了一跳。

我不明白他為什麼向我道歉。

國軍的弟兄們很強所以我喜歡，可是他們為什麼要用那麼努力磨練出來的技巧試圖去保護他人……這點我無法理解。

「不光是維護治安。為了讓人民安心生活而必須準備的環境。要保護所有的一切。依做法而異，甚至能保護士兵。所以我想要繼承父親的家業……說到底，也是因為我沒有劍術的才能吧。」

他並不知道我的心聲，繼續說了下去。

「……妳才是，為什麼拿起了劍？」

「因為家母被殺了。我要親手送殺了家母的那些傢伙下地獄。」

「……復仇嗎？」

「嗯，沒錯。」

「這樣啊……」

他點了點頭，默默無言繼續眺望外面。

「……我不太懂你說的想要保護的心情。」

我也像是追上他視線那樣眺望外頭。

「你為什麼會想那些事？因為不管是那個人還是那個人……大家都是不認識的人。明明不是重要的人，你為什麼能繼續努力？」

「……我再也不想看見那種情景。只是那樣罷了。總之就是自我滿足。」

他那樣說著，露出了淺淺的笑容。

「……妳才是，未來有什麼打算？」

「你說未來？」

我不明白他究竟要問的是什麼，於是直接反問回去。

「我是指實現復仇後的未來。」

「我不懂你的意思。我的目標是復仇。只是為此而磨練劍術，我是為此而活到現在的。」

我說完的那一刻，他深深嘆了口氣。

「真是可惜啊。」

「……這話什麼意思？」

我用犀利的目光瞪著他。

我內心的焦躁感抑制不住，輕易地顯露出來。

「妳啊，只把復仇當成目的，然後未來有什麼打算？也許達成的一瞬間妳能得到成就感，但是只為了那獻上一切的話……未來就什麼都沒了不是嗎？那樣一來，什麼都不會留下。」

「就算只會失去，不會得到任何東西，那些也根本無所謂。即使如此，我也只能選擇這條路了。沒有失去過任何東西的你是不會懂的吧。」

是從什麼時候開始……我不清楚。但是，不知不覺間我的視野染上了一整片血紅。

看上去全都是黑白單色的光景，在揮劍的時候，全都染成血紅。

就算實際上那裡連一滴鮮血也沒有。

唯一為我的視野添上色彩的那種顏色，我甚至覺得很美。

我的內心，也許已經崩潰了。

但即使如此——

復仇這個行為，是支撐我內心唯一的事物。

「……嗯，我不明白。因為我不像妳那樣，有重要的事物被奪走。」

「……那你就不要否定我的復仇。」

「……我並不打算否定。那樣子……追求強大甚至流下不甘心的眼淚。顯露出甚至現在也在那樣吶喊，那樣強烈的情感。妳的想法就是如此強烈對吧？我不是妳，沒有成為那個源頭的經驗，所以無法輕易否定妳。就算否定，那些話也只會顯得輕浮。對擁有那麼強烈信念的妳，說那種空洞的話沒有意義……最重要的是對妳很失禮，對吧？」

他開口提問，視線投向我這邊。

……清澈的雙眼。

宛如反映出他平靜內心那樣的眼睛。

「但是妳所描繪的未來沒有復仇以後的事。就算是沒有武術才能的我，起碼也知道這實在是太浪費妳用那樣的覺悟所鑽研出的才能。達成復仇以後妳有什麼打算？至少我覺得，看不見未來的妳很可惜。」

「我要用我的劍術做什麼，是我的自由吧！」

路易再次嘆了口氣站了起來。

接著很快地從這裡離開了。

「……啊……」

說到我的話——

儘管他在離去前所說的話，讓我有種從腦袋充血恢復正常的感覺，但我也只能默默地目送他的背影離去。

†††

「……哥哥。」

從塔回到宅邸之後，我前往哥哥的房間。

不知怎的，就是感覺想跟哥哥聊天。

哥哥一個人在玩棋盤遊戲。

他肯定是獨自一人在「複習」跟羅玫爾叔叔的比賽吧。

「我正好在休息，妳不用客氣。」

「是……」

「……梅莉妳會來這裡，還真是稀奇。」

「是嗎？」

我歪著頭回想至今的事情。

確實是這樣沒錯，打從來到王都以後，我只來過這裡一兩次。

「所以，有什麼事嗎？」

「可以跟您說說話嗎？」

「當然。妳就是為此才來到這裡吧？」

「是的……請問您從前為什麼想要學劍呢？」

聽見我的問題，哥哥他揚起笑容道：

「妳的問題真奇怪。身為塔斯梅利亞王國武力要角的安德森侯爵家嫡子，怎能不修習武術？」

「雖是那樣沒錯……」

原本喀喀移動棋子的哥哥，停下了動作跟我四目相交。

「……梅莉，如果妳有想問的事，坦白問出口就行了。現在這裡只有我跟妳而已。家人之間就不用客氣了吧。」

哥哥的話，讓我瞬間靜止。

……這麼說來，我有多久沒跟哥哥像這樣說話了呢？

不對，不光是哥哥。

跟父親大人也是、跟婆婆也是。

我只跟家人做最低限度的對話。

因此，我一瞬間感到不知所措。

但是哥哥卻沒有催促那樣的我，他只是一個勁兒地直盯著我看。

「……哥哥您不曾盼望過能報母親大人的仇嗎？」

哥哥一瞬間像在沉思般皺起眉頭。

「要老實回答的話，有。我想將讓母親大人亡故的那群人，一個不留地親自踹下地獄。」

「……現在呢？」

對於我的問題，哥哥露出悲傷的微笑。

「我現在也是這麼想。如果機會來臨，我會毫不猶豫展開行動。我……一點都不想原諒奪走我們家重要的事物、奪走幸福的人們。」

「太好了……」

那個答案令我安心。

「可是，梅莉，另一方面，我很擔心妳的情況。」

「您這話是什麼意思？」

「妳說過復仇就是一切。但是那也就表示……妳忽視現在，只看著過去。不期望幸福……看見妳只是一味地追求過去回不來的幸福的那幅模樣，我怎麼能放心？」

哥哥簡直像在勸告我那樣，緩緩地問我。

然而那些話讓我深刻地理解到。

……我做出了選擇。

捨棄了溫柔的「假設」世界，在荊棘之路、血腥之路上前進。

所以我不會回首過去。

……但是那樣想的我，說不定才是最緊緊抓著那溫柔的過去不放的人。

回不去的過去，那些溫馨的日子。

但是我原諒不了。

因為那一天……母親大人會跟父親大人分開打算先回到領地，起因是我的任性。

如果我沒有說希望生日當天能為我慶祝……母親大人就會跟父親大人一起回來，或許就能順利抵達宅邸。

……最重要的是我無法原諒。

成為奪走大家重要之人起因的我。

而且，我無法消除這種衝動。

即使要帶他們一起上路也盼望能復仇的這種衝動。

「……也許那樣妳會覺得滿足，但是我跟父親大人都盼望著妳能得到幸福。就因為我愛著妳這個家人。就因為這樣，妳這副模樣讓我痛心疾首，很是擔心。」

可是哥哥卻用溫柔的眼神責備了我。

那種溫柔，讓現在的我覺得很難堪。

「哥哥……」

「聽見妳遭到山賊襲擊的時候，我霎時面如土色。接著，發自內心對於自己的愚蠢感到火大……母親大人的事件，在我心裡是最重要的。說希望將他們踹下地獄並不是謊言。」

哥哥說著朝我的方向伸出了手。

「不過……妳還活著，還活著……！」

他用比我還大的那雙手，緊緊握住我的手。簡直像是……在確認我的存在。

「我……不希望將視線從現在這雙手中重要的事物移開，並因此後悔。」

哥哥的語氣漸漸變得激動，他所說的話扎在我的心上。

我覺得最近哥哥比起小時候，顯露出的感情更加豐富了。

跟父親大人一樣。

我想那應該是拜叔叔所賜……是我想錯了嗎？

「……哥哥，您是在說我錯了嗎？」

「不。每個人有每個人的想法，沒有正確或不正確。只要妳的心沒有否定妳的願望，那對妳來說應該就是正確答案吧。所以我所說的話……是我的私心。」

哥哥放開我的手，摸摸我的頭。

「我不會否定妳要完成復仇這件事。不，是我辦不到吧……妳只要依妳所期望的去做就行了。但別忘了。我們期盼著妳能得到幸福。」

這是個溫柔的願望。

然而就算結冰的這顆心充分感受到那顆溫暖善良的心，也無法將冰融出。

為什麼要追求幸福呢？

明明跟那時候同樣的幸福已經回不來了。

為什麼還期盼我能幸福呢？

明明再也無法看見跟那時候同樣的光景了。

明明不管再怎麼盼望，那時候被奪走的幸福都不可能實現了。

明明一切都是我的錯。

……我不懂。

問題一個個在腦中團團轉，浮現又消失。

那天晚上，我久違地沒有馬上睡著，而是沉浸於思考之中。

就這麼一直任由從敞開的窗戶吹入的夜風撲在我身上。

就這樣，我一夜無眠迎來了新的一天。

結果我還是想不出結論，一如往常地在訓練場揮劍。

不管怎麼想都不明白。

路易說惋惜我的才能那時他的想法。

哥哥說盼望我能幸福那時他的想法。

我的才能是為了斬殺我的復仇對象而磨練的東西。

我的幸福就是完成復仇。

不管再怎麼想，除此以外我就什麼都沒有了。

我們家族失去了母親大人，我以為大家內心都有一部分結冰了。

但不是那樣。

結冰的是我的心。

不對……用結冰這種形容或許還是太溫吞了。

如果心靈有形體的話，我的心肯定已經損壞、破爛不堪、形狀扭曲了吧。

因為現在我的視野，已經染成一片血紅。

我發覺自己在揮劍的同時想著那些多餘的事，於是試著轉換心情。

別再想困難的事情了。

此時此刻應該集中精神磨練劍術。

啊，我的內心雀躍。好高興。

高興得不得了。

從眼前的赤紅之中，能感覺到有種黯淡的喜悅。

訓練結束後，我環視周遭。

今天的人比以往要少。

克洛依茲先生今天也不在。

……發生什麼事了嗎？

我浮現出那樣的疑惑。

但是既然克洛依茲先生不在，我就沒人能問了。

反正就算發生了什麼事，他們也什麼都不會告訴我這個一般市民吧。

我懷著近似放棄的情緒，收拾好後回到了宅邸。

進入宅邸後，哥哥罕見地慌慌張張跑到我面前。

「梅莉…………！」

「發生了什麼事情嗎？」

「剛剛來了通知………」

看見哥哥的樣子我做好覺悟，想必是發生了什麼非同小可的事情吧。

「……父親大人討伐了襲擊母親大人的山賊……」

那一瞬間，我的眼前變得漆黑一片。

萬籟俱寂，我甚至感覺世界像是一瞬間靜止了。

「……那是真的嗎？」

「嗯，不會錯的。國軍弟兄們去打探過了。」

「……這樣啊……」

我開口回應哥哥，腳步蹣跚地走了出去。

「喂、喂……梅莉！」

哥哥叫了我的名字，好似要攔住那樣的我。

「……我回房了。」

但我像是在拒絕一樣說完那句話以後，回到了房間。

……老實說，在那之後是怎樣回到房間的……我不知道。

雖然不知道，但回過神來的時候我就在自己房裡了。

我愣愣地從窗戶眺望外頭的風景。

不知不覺間太陽下山，夜幕覆蓋在天空之上。

一片靜寂。

我甚至有種宛如這世上只剩下我一個人的錯覺。

水滴沿著臉頰滑落。

……這是喜悅的眼淚？又或者是……

至少我的目的無疑是達成了。

因為父親大人討伐了襲擊母親大人的山賊。

因為是奪走母親大人的那群人，父親大人也肯定不會對他們手下留情才是。

應該會把他們狠狠地踹下地獄吧。

所以完成復仇了。

……那讓我真心感到高興。雖然我高興……但我不覺得感動。

反倒有種像是內心開了個大洞的感覺。

……我想要自己做個了斷。

我明白那只是我的任性。

但即使如此，我也想親手以我磨練的技巧，用上至今學到的所有東西做個了斷。

畢竟我是為此拿起劍……為此磨練我的劍術。

只是為此而活下來。

我不甘心，又覺得淒涼。

我的目的達到了。

……那麼，我該怎麼辦才好？

懷著這種失落感，我找不出自己的生存目的和意義。

我該怎麼活下去才好？

我的內心染上了跟天空一樣的顏色。

那天我哭了一整天。

如同我失去了母親大人的那一天一樣。

†††

鏗鏗——傳來刀劍相交的聲響。

一如既往的練習情景。

我從上方眺望著。

那一天……自我從哥哥那邊聽聞父親大人討伐了山賊以後，我就沒參加訓練了。

一直都窩在房間裡。

沒有見父親大人也沒有見哥哥。

……已經這樣子持續幾天了呢？

我的內心一直開著個大洞，無法排遣這種失落感。

那天看見的黑夜，如今仍覆蓋在我的心上。

我想就這樣，什麼事都不要做待在這裡……然後就這樣腐朽。

我甚至有那種念頭。

我躺在床上滾來滾去。

……一天原來這麼漫長嗎？

白天來臨、夜晚來臨。然後白天再次來臨。

就算發生什麼事，這世界也像是什麼都沒發生過那樣，時間繼續向前走。

不管我是像這樣窩在房間裡，或是不窩在房裡……什麼都不會改變。

我細想著那些事的同時，為了不讓外界的風景映入眼簾而閉上雙眼。

似乎就這樣在不知不覺間睡著，太陽已經快要下山了。

我慢吞吞地拖著沉重的身體爬了起來。

然後靠近窗邊。

……看樣子，訓練好像是結束了。

就這樣繼續一個人待在這裡的我，該如何是好呢？

……想做些什麼呢？

我把手放在窗上。

發著呆，注視著窗外的風景。

……我想再看一次那時候看過的風景。

我忽然起了這個念頭。

接著，在我有那種想法的時候，就衝動地到了外頭。

我離開宅邸，跑向塔。

抵達目的地之後，我衝上樓梯。

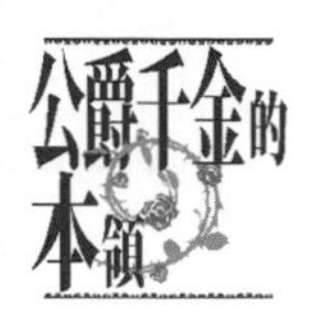

「……路易……」

我口中喃喃呼喚著他的名字。

然而那裡卻尋不著他的蹤影。

我自然而然地垂頭喪氣。

見他究竟是想要做什麼呢……雖然就連我自己也搞不懂。

我當場一屁股坐下。

這裡——這地方是我的固定位置。

我靜靜眺望眼前的風景。

跟先前那時不同，黑暗中浮現出朦朧的街燈。

許許多多街燈聚合在一起，創造出幻想般的風景。

……好美。

跟往常不一樣的光景，卻讓我超乎尋常地看到入迷。

忽然間，我的耳朵聽見碰到什麼物體的沙沙聲。

用手試著觸摸，感覺在石子地板的石頭縫隙間夾著一張紙。

我把那拉了出來。

既然會在這裡就代表……是軍部人士的東西嗎？

可是不會有人爬上長長的樓梯來到這裡吧。

……莫非——

那麼想的我打開了紙張。

『要是沒了目的，重新再找就好。妳還有的是時間。不用急著尋死。』

是只有三行的文章。

如果不是在這個時間點看到，就不會知道是在說什麼了吧。

然而，現在的我卻痛切地明白。

滴答滴答，流出的眼淚浸濕了信件。

……復仇是我的一切。

我捨棄了除此之外的事物，只注視著復仇。

可是，我卻突然間失去了一切。

確實是實現了……但是那跟我盼望的形式完全不同。

明明只盯著復仇前進，但目的地卻突然遭人橫奪消失。

在對那件事有所自覺的一瞬間，我甚至覺得腳邊崩塌了。

究竟未來我該往哪裡走呢？

究竟未來我想做什麼呢？

因為我只看著復仇，所以完全不知道。

失去了路標，猶如被丟到黑暗中的感覺。

感到茫然，對於未來的恐懼。

還有煩躁和空虛。

我第一次痛切地明白，路易口中的「未來」的意義。

「……去找就行了嗎？」

說出口的同時我笑了笑。

「不過……妳還活著，還活著……！」

哥哥的話語在我心中響起。

……沒錯，我還活著。

我還有未來。和母親大人不一樣。

母親大人有多麼遺憾啊。

……我實在無法估計。

我厭惡成為母親大人去世原因的自己，憎恨實際做出那種事的那群人，將怒氣發洩在發生了那件事的世界。

然後憐憫失去了母親大人的自己和家人。

可是感到最不甘心、最悲傷的，肯定是母親大人。

不是我。

母親大人被奪走了一切。

不論是自己想做的事情、有過的夢想或是跟家人一起度過的時光。

事到如今我才想到那些。

就因為不曾那樣想過，所以我才會停下自己的時間。

就因為如此。

我不能浪費。不能放棄。

未來——

知道有人無法擁有，擁有的人卻放棄，是一種傲慢。

同時也是種侮辱。

不要害怕看不見未來，而是要感謝擁有未來。

如果看不見目的，再去找就好了。

就算失去了目的，並不會連至今學會的東西也消失不見。

那樣一想，覺得心情變得輕鬆了些。

雖然還沒有做出任何決定。

不過慢慢決定就行了。

然後只要向前走就行了。

「……母親大人，我似乎能真正送您離開了。」

我望向天空，那樣輕聲說道。

†††

「……喔，路易。正好，這邊的文件跟這邊都是追加的。兩邊的期限都是三天後。」

面對變成一座高山的文件，還能用那種彷彿若無其事的口氣說話的父親羅玫爾，路易瞬間感受到自己的殺氣，但還是壓了下來點點頭。

羅玫爾會把文件交給路易，是為了讓他在實作中學習實務。

……只不過從路易的角度來看，羅玫爾只要拿出真本領就能一天做完的這個事實，令他感到鬱悶。

「我知道了，好，我知道了。相對的，請您今天不要去街上，老老實實待在宅邸裡。因為先前交給我的文件，我有好幾份想讓您確認。」

「喔……我知道了、知道了。」

羅玫爾像是投降了一般點點頭。

「總之，我拿這些走了。」

跟拿來的量一樣……又或者變多了點，路易拿著文件離開了房間。

從手上傳來沉甸甸的重量，令他不禁發出嘆息。

他到了走廊上，開始朝自己的房間走去。

忽然間，他的視線從窗戶投往塔的方向。

在凝望的同時，他想起在那裡見過名叫梅莉的少女的事。

……討伐了山賊的消息，路易是在幫忙羅玫爾的時候知道的。

他心想，如果是她要報的仇那就可喜可賀了。

……但與此同時，他冒出某個問題。

她對此究竟會怎麼想呢……

她說過……即使捨棄一切得不到任何東西，她也只能選擇那條路……

……那麼，報了仇以後呢？

聽見她那些話的時候，他首先想到的就是那件事。

傾注自己的所有，只為了達成目標，捨棄其他一切……然而，要是那個目標消失的話？

投入得越多，失去那個目標時的失落感應該會越重吧。

當他那樣一想，就擔心起她的事。

一心一意到讓人覺得危險，一直線朝著目的地不斷奔跑的她。

輸給其他人不甘心流淚也好，還是光在自己的路上前進就露出笑容也好。

如果都是因為有復仇這個目的在。

那目的消失的時候，她會為何而哭、為何而笑呢？

不會受到失落感的折磨嗎？

不會崩潰嗎？

他擔心她。

他的視線再次回到了文件上。

雖然很在意她的事，但他暫時還去不了塔那邊。

因為他也在為了自己的目標繼續向前衝。

聽到消息以後，他幾次擠出時間去了塔，但結果還是沒能見到她。

……所以起碼，留一封信給她。

除了官方的信件以外，他還是第一次寫信，幾經迷惘後想到了好主意。

只有三行。

光是為了寫出三行字，他究竟有多麼迷惘呢？

他心想下次見面的時候，起碼她會對自己發火也好。

只要不被失落感壓垮、封閉內心、捨棄感情的話，那樣就好。

與其那樣，為蠻不講理而憤怒、為目的被奪走而嘆息還好得多了吧。

他是從什麼時候開始，覺得她那樣活力十足的表情令人喜愛的呢？

是從什麼時候開始，變得會想一直看著她呢？

比起像貴族子女那樣，感情幾乎不形於色，只是一個勁兒地露出和善的笑容，會哭會笑會生氣……她那忠實呈現千變萬化的表情，看上去相當耀眼。

「……打擾了，路易大人。羅玫爾大人在找您。」

一名僕役向停下腳步的他搭話。

「父親嗎？……我知道了。抱歉，請把這份文件放在我的房裡。」

「遵命。」

……總之，得趕緊把眼前的工作給收拾掉。

他重新調適情緒，前往羅玫爾的房間。

第三章　夫人，擁有夢想

揮舞刀劍。

……感覺有點不協調，對戰途中我皺起眉頭。

一如所料，劍被彈開，我輸掉了。

「包括妳突然休假的事情在內，妳是發生什麼事了？」

跟我戰鬥的對手克洛依茲先生，一副不可思議的樣子向我提問。

「我在妳的劍中感受到了迷惘喔。」

「是啊。也許我的內心還沒有整理好。」

雖然克洛依茲先生似乎無法理解我的話，但並沒有繼續追問。

……結果，我回來訓練了。

因為我只會做這件事。

在那之後我哭得很慘。

哭得很慘，思考了很多。

但是現在的我，無論是目標還是意義，我什麼都找不到。

因為我什麼都看不見。

除了復仇以外我什麼都不關心，只是一心地尋求復仇。

因此我現在沒有任何能做判斷的素材。

該選哪個選項……說到底，就連有什麼選項都不知道。

對沒有判斷素材的我而言，我完全搞不懂。

但是，我不能就這樣停下腳步。

我不能呆呆地光等待時間流逝。

就算是為了時間已經停止了的母親大人也好。

所以我回來了。

雖然什麼都沒找到，但我只會做這件事。

除此之外我什麼都沒有，但也不想停下腳步。

既然如此，我總覺得比起想些有的沒的感到迷惘，像這樣回來訓練還好多了。

看樣子比起用腦袋思考，還是活動身體比較適合我。

儘管我的內心還沒徹底整理好，但打從回來訓練揮劍以後，我有種漸漸冷靜下來的感覺。

克洛依茲先生一句話都沒說，不過他輕輕摸了摸我的頭說道：

「對了……今天在這裡的這群傢伙說之後要去吃飯，小姐妳也去嗎？」
突如其來的邀請，我的腦子一瞬間停止了思考。
但我考慮了一下之後點了點頭。
「我要去。」
「這樣啊。那將軍那邊就由我去說吧。」
「謝謝。」
多試著看看各種事物。
多嘗試一下各種事情。
我是這麼想的。
就算還沒找到目標，不，就因為這樣。
我想改變一直以來，除了劍以外什麼都不關心的自己。
所以這是個好機會。
接著在練武結束後，我去了城鎮。
仔細想想，我是第一次去街頭的店家。
畢竟我過去沒有自己買過東西，可說一整天都在練武。
就某種意義上而言很有貴族風格，要說深閨千金也確實是深閨千金。

我東張西望地環顧店裡，跟著克洛依茲先生的後頭走。

「克洛依茲先生！」

似乎已經占領座位一角的國軍弟兄，呼喚著克洛依茲先生。

「喔，讓你們久等啦～！」

克洛依茲先生也笑瞇瞇地回答。

「就是說啊。到底為什麼……哇！克洛依茲先生，您誘拐了小梅露嗎？」

「說什麼蠢話。我怎麼可能誘拐小姐。會被反殺的。」

「「「確實。」」」

興致盎然聆聽著對話的所有人，同時點了點頭。

所有人似乎都是在安德森侯爵家訓練的成員，很眼熟。

「哎呀，沒想到妳會來這裡。熱烈歡迎，小梅露。歡迎妳。」

「謝謝。」

整個場子變得鬧哄哄的。

「來得好啊。」

「妳能來真令人高興呢。」

「克洛依茲，幹得好！讓都是臭男人的地方蓬蓽生輝了。」

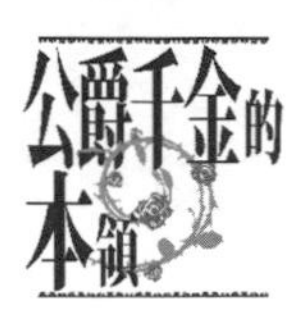

聽見大家紛紛說著歡迎的話語，我嚇了一跳緊張不安地望向四周，將目光投向克洛依茲先生的身上。

「怎麼了？」

「請問我突然跑來，為什麼大家會歡迎我……」

「那是當然的吧！因為我們一直在同個地方一起流汗互相切磋。小姐妳也是我們的同伴喔。」

「沒錯！我很尊敬小梅露喔。如此嬌小卻那麼強大。我在小梅露妳這個歲數的時候，還在拚命玩咧！」

「一開始的時候我還想說誰管什麼將軍的祕密武器咧！」

「那種嫉妒心早就不知道跑哪兒去啦。知道小梅露自主練習的量以後，我真是大吃一驚。」

「啊～我懂。我覺得自己絕對辦不到。」

大家口中說出的話，讓我整個人愣住了。

「……大家都很讚許小姐妳喔。只是沒有開口的機會而已。畢竟以往都會在小姐身上感受到『不要靠近我』那樣的高牆呢。」

「……是嗎？」

「是啊。別光盯著劍，也稍微看看周遭吧。」

那句話一語中的，讓我頓時無言以對。

過去的我確實就是那樣……

在我那樣想的時候，克洛依茲先生輕輕拍了拍我的頭。

加上大家剛才的話，我感到很是抱歉和難為情，於是低下了頭。

「克洛依茲先生，你跟小梅露兩個人講了什麼？來這裡大家一起聊吧。」

「好喔。來，小姐妳也一起來吧。」

「…………好！」

後來，就座的大家都各自點了想要的飲料和食物等等。

第一次在家裡以外的地方吃東西感到有些興奮之餘，我聽著大家的對話。

「……為什麼大家會當兵呢？」

等場子熱起來的時候，我說出了感到疑惑的事情。

「為什麼會當兵啊……那當然是為了錢啦。我有很多兄弟。」

我不懂這跟兄弟多有什麼關係，不禁歪了歪頭。

「啊～該怎麼說呢。換句話說，就是為了減少伙食費啦。不懂學問的我，要往上爬最簡單的方法就是實力主義的軍隊。不過也是因為我對自己的身手小有自信。」

為了減少伙食費——這句話讓我受到不小的震撼。

……因為我根本不知道那種事。

想要多少就會端出多少溫熱的餐點，我認為那是理所當然的事。

原來那不是理所當然的事情嗎？

「雖然那種自信也很快就被將軍擊垮了。」

在我腦海中有許多念頭團團轉的期間，有人從旁插嘴。

大家沒有露出像我那樣驚訝的神情。

反倒是一副他所說的事才是理所當然。

「吵死了～話說那你呢，是為什麼啊？」

「我？是因為帥氣啊！那時候我看到將軍凱旋回國，就想說將來絕對要當個軍人。」

「啊～你說的我懂。只要有這個人在，我們這個國家就能安然無恙，會忍不住那樣想呢。我也是那樣。」

「是啊。將軍是很偉大的存在……我是在戰時，將軍在村子裡救了我。所以我就想追隨那位大人，我下定決心，自己也要成為能保護他人的人。」

「我不像你們那樣，有志向、決心或是環境那些原因，只是順其自然而已～我明白那種心情。入伍以後我有幸分發到將軍的部隊，要追上那個人的背影雖然很辛苦，但是會讓我覺得不管天涯海角都想追隨他。一直追隨那個人背影的這件事，不知何時起變得讓我感到自豪了。」

話題在不知不覺間改變了，變成父親大人訓練的內容、父親大人的英勇事蹟之類的。樣貌粗獷的他們，簡直像是小孩子一般雙眼閃閃發亮地談論著父親的事。說追隨父親大人的背影，身在他麾下值得自豪。說希望像父親大人那樣，能當個可以保護他人的人。

那可真是熱烈的討論。

「……為什麼大家……會想要保護他人呢？」

我不經意地向坐在隔壁的克洛依茲先生拋出問題。

「保護嗎？擁有那樣偉大志向的，就只有像這傢伙一樣受過戰火洗禮的人們吧。金錢、名譽……在這裡的大家，都帶著各自的理由敲開軍隊的大門。並不是起初就擁有保護他人那麼高尚的志向。但是在不知不覺間，對我們來說，在將軍麾下做事的自豪成為了一切。大家都為將軍而著迷。為了想成為將軍那樣，身體自然而然動了起來。然後那連繫到保護他人，又成為我們的一種自豪……輾轉到頭，便覺得要是能保護國家、保護重要的人就好了。」

「輾轉到頭……」

「總之小姐妳遲早也會明白吧。」

有其他人找克洛依茲先生，話題便到這裡中斷了，但是這時候內心亂糟糟的感覺，一直悶在我心底。

……然後，回到家以後也是。

因為我不明白。

想要保護他人的這種心情。

過去路易也說過的那句話的意義。

為什麼母親大人被奪走……即使如此父親大人仍會做保護人民的工作呢？

就算變得傷痕累累，也要繼續在那條路上前進嗎？

「梅露，歡迎回來。」

「……我說婆婆，父親大人回來了嗎？」

我悄悄地附在她耳邊問道。

「嗯，他已經回來了喔。」

「我可以去拜訪他嗎？」

「……總管說今天他已經沒有預定行程了。」

「是嗎？那我去一下喔。」

我踏著小碎步前往父親大人的書房。

這麼說來，我說不定也很久沒跟父親大人面對面說話了。

至少父親大人討伐了山賊之後我就窩在房裡，而後來是父親大人很忙。

帶著有點緊張的心情進入父親大人的房間，只見父親大人悠哉地正在品嚐美酒。

「是梅莉啊。妳會來老夫房間還真稀奇呢……話說回來老夫聽說今天妳跟克洛依茲他們去外頭了？」

「是的，非常的開心。」

「那真是太好了……所以，發生了什麼事嗎？」

「沒什麼事，不過我有事想問問父親大人。」

「哦……是什麼事？說說看。」

「……父親大人，您為什麼會保護人民呢？」

對於突如其來的問題，父親大人顯露出略略吃驚的神情。

「……今天我跟克洛依茲先生他們聊天的時候，問了他們為什麼會當兵。我知道了五花八門的原因。除了他們各自的原因以外，他們在不知不覺中憧憬父親大人，也變得希望像您一樣保護國家……保護人民……但是我不明白那些話的基礎。為什麼父親大人您會想保護人民呢？」

「……老夫想要保護人民，是那麼奇怪的事嗎？」

「嗯。因為父親大人……母親大人不是遭到父親大人您保護的人民殺害嗎？」

我知道父親大人聽見我的話，倒吸了一口涼氣。

「保護沒見過面也不知道名字的人民，是那麼重要的事情嗎？……明明不知道他們什麼時候

會恩將仇報。」

「……對妳來說，人民是敵人嗎？」

「不。可是實際上我也不覺得他們很好。如果不是光會享受他人保護，能自己變強那就很好。自己變強，保護自己想保護的事物那樣不就好了嗎！父親大人有什麼必要保護大家嗎？對我來說，比起多瓦伊魯國的士兵們，我們國家的人們……」

啪！清脆的一記聲響。

我感到臉頰發燙，知道自己被父親大人打了。

「……別再說了。不可以再說下去。」

聽見父親大人低沉的聲音，我將差點說出口的話吞了回去。

「對老夫來說，並不是一開始就有保護人民、保護國家那樣高尚的志向。老夫純粹是想試試自己的身手。」

呼，父親大人長嘆一口氣。

「老夫拚上了性命。眼前是在戰爭中無計可施，只能遭到蹂躪的人民，有辦法戰鬥的老夫覺得必須保護他們，身體就自然而然地動了起來。」

父親大人拿起手邊的玻璃杯往嘴裡倒。

他一口氣把內容物喝光，然後再次嘆了口氣。

「梅莉露妲被殺，讓老夫思考了很多事。一想到這個國家的人殺了老夫的妻子，便覺得那時候拚了老命去戰鬥究竟算什麼，感到相當空虛……然而自己做的事並非白費，告訴老夫這件事的就是人民。」

能看到如此說著的父親大人悲傷地笑了笑。

「一旦被擁戴為英雄之類的以後，總之……擁有那個頭銜就得盡責才行，所以老夫就豁出一切一直向前衝罷了。可是在不知不覺間，老夫的背後成了一條道路，那條路上接連出現一個個跟在後頭的人。不是其他人，就是人民……妳應該也聽聞了吧。由於戰爭村莊燒燬的人從軍的事。看見老夫至今所做的努力，自己也想保護他人而成為士兵的人，素未謀面的某個人珍視的人，由跟在老夫身後的人們來保護，在老夫的追隨者身後，還會有新人跟上。道路就這樣延續下去，老夫也感到自豪，獲得了救贖。老夫所做的事並不是沒有意義的。輾轉到頭，或許就不會有像老夫這樣，嚐到失去重要之人痛苦的人了。」

「……可是！」

「所有的人民都是山賊嗎？都會成為山賊嗎？妳不明白在人民之中也有重要的人嗎？無法保護自己，希望依靠別人保護是種罪過嗎？」

「…………！」

「並不是所有人都如妳那般擁有武術才能。就算有，也有人受到生活壓迫，沒有空閒磨練。

妳要拋下他們不管說『自己保護自己，因此去做同樣的訓練吧』是嗎？那就是所謂的傲慢。」

「可是，我……」

我也很清楚自己逐漸拿不出反駁的話了。

「比方說……這樣好了。婆婆向妳求救，妳不會救她嗎？」

「……婆婆是我重要的人。我當然會救她。」

「那要是婆婆重要的人向妳求救那又如何？」

「……因為婆婆會傷心，我會保護對方。」

「妳不是說『自己保護自己』而推開他人嗎？明明是沒見過面也不知道名字的人，妳還說要保護對方嗎？」

我沒有繼續說話。

因為父親大人要說的話，我已經明白了。

「就是這麼一回事。輾轉到頭，就是在保護某個人重要的人……不是所有人民都是壞人。殺了妳母親的充其量就是山賊。罪過在他們身上，責任在於沒能保護她的老夫身上。要向所有人民問罪，那就錯了。」

父親大人大大的手掌，托住我的臉頰。

已經不會覺得燙、不會覺得痛了。

取而代之的是我的眼眶一熱，眼淚流了下來。

「沒見過面的某人，會是某人的重要之人。老夫不想再看到像自己那樣，因失去重要之人而嘆息的身影……那麼就只能前進了。老夫是這麼想的。」

父親大人拭去我眼淚的同時笑著說道。

我在自己心中，一再反覆思考父親大人的那句話。

「老夫不想再看到像自己那樣，因失去重要之人而嘆息的身影。」

……唯獨那句話，唯獨那種心情……我能明白。

那時候的絕望、那時候的悲傷……還有那時候的憎恨。

我已經再也不想嚐到了。

與此同時，我也不想讓自己重要的人們體驗。

就因為……我明白那種痛苦。

那樣想的一瞬間，忽然間我想起路易對我說過的話。

「……這個國家為了維持這樣的日常生活，有很多人付出了犧牲。如今在某個地方，依然有某人正在付出。那是為了保護這個國家嗎？不，沒有人關注著那麼龐大的事物吧。他們是為了他們想保護的事物而戰的吧。」

他在那座塔上這麼說。

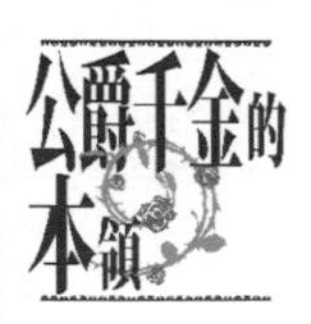

……如果他的話是真的。

就代表還有其他人如同那時候的我為了世界的蠻不講理而絕望，受到失落感折磨嗎？

思及此的瞬間，我覺得自己很丟臉。

我至今……都以為自己是這世上最不幸的。

重要的人被奪走，那確實有充分的動機由於不幸而詛咒這個世界。

但是除我之外還有一樣的人在……我卻沒有想到那件事。

明明在我身邊就有。

哥哥和父親大人……他們都是失去了重要之人的人們。

即使如此，我卻……沒有考量他們的心情。

只是詛咒著這世上的蠻不講理，為了自己的無能為力感到羞恥，然後厭惡成為母親大人去世契機的自己。

我只關注復仇，並且死盯著那裡當成是自己的終點。

「我……不希望將視線從現在這雙手中重要的事物移開，並因此後悔。」

嚐到同樣痛苦的哥哥，明明為我許下那樣溫柔的願望。

隔天，我在訓練結束後前往塔。

黃昏時的風景，儘管帶著一絲淒涼，卻也因而令人覺得溫暖。

「那邊的那個人有重要的人們，而那些人們也有重要的人。那裡的人是，那邊的人也一樣……就這樣，許多人聚集起來才能成為國家。儘管要傾聽他們每個人的話很困難，但我想保護能讓他們每個人安心生活的國家。為了不破壞這日常風景，我希望自己的腦子能幫上忙。我希望不要忘記對犧牲者們的敬意，繼承他們的遺志。我是那樣想的。」

我想起的，果然是路易的話。

許多人們在路上來來往往。

不知道姓名，對我來說他們只是一群無關緊要的路人。

就算到了現在，我也絲毫沒有想保護他們的想法。

……可是——

我想不用嚐到那種絕望是最好的。

我不希望有人嚐到那種痛苦。

……就因為我了解那些。

眼前這些完全陌生的人，他們重要的人們。

那些重要的人們，還有其他重要的人們。

親兄弟、朋友、戀人……不管是什麼關係都好。

他們也有一旦失去就會感覺內心像開了個大洞似的，那樣重要的人們。

追尋起來的話，或許會跟我認識的人在哪裡有所聯繫也不一定。

……不對，是肯定會在哪裡有所聯繫。

因為無論這個城鎮……世界有多廣闊，人跟人之間的聯繫就像是蜘蛛網，是錯綜複雜、互相交織而形成的。

換句話說，就算是不認識的某人，說不定也會是跟我有關的人們重要的人。

我腦中浮現的是父親大人、哥哥、在安德森侯爵家工作的僕役們、護衛隊的隊員們，還有國軍的人們……以及路易。

能夠忍受讓他們嚐到如同當時的我那樣的痛苦嗎？

能夠忍受看到他們的笑容蒙上陰影的身影嗎？

……我那樣捫心自問。

答案是否定的。

我衷心希望他們幸福。

活下去、活下去……如果可以的話，笑一笑。

我希望他們可以保持那樣。

為此，如果我握著的劍可以做到那種事的話……那就是意義非凡的事情了吧。

保護什麼的崇高想法……我並不明白。

但是，我……為了我自己。

為了不要讓某個人……讓我身邊的人們嚐到像我那樣的痛苦。

我會發揮我積累的劍術才能。

我那樣下定了決心。

†††

少女噠噠噠地在城鎮裡奔跑。

似是在逃離什麼般地拚了命跑。

但是看她的模樣似乎已經接近極限了。

上氣不接下氣，雙腳也在發抖。

結果在差一點就到大馬路的地方，她被路旁的小石頭絆倒，整個人倒了下來。

聽見從後方傳來漸漸接近自己的腳步聲，她浮現出像是絕望的表情。

「小姐，這可真頭痛啊。可以不要給我們添亂嗎？」

「沒錯沒錯。小姐妳在妳爸爸他們來迎接以前，就當個乖孩子等著吧～」

「就是這樣。在妳爸爸他們來以前妳能不能平安無事，就看妳自己了。」

那群露出卑劣笑容的男人們漸漸靠近，即使如此她還是不斷後退想要逃跑。

也許是看她的行為不順眼，只見一名男子咂嘴顯露出焦躁的樣子。

「……我姑且問一下，叔叔你們真的打算將這女孩送到她爸爸的身邊嗎？」

忽然間，聽見了直到剛才都不在場的第三者聲音。

明明是帶有稚氣、感覺不可靠的聲音，然而不是跟那些男人一夥的這件事，讓少女感到安心抬起了頭。

「嗯？妳沒事吧？」

她抬頭看見的人影很嬌小。

也許和被男人們追的這名少女同年紀。

看髮型和裝扮，她覺得那個人是個男孩子。

那個人沒有露出害怕的樣子，只是望著她面露微笑。

「那些人是妳的熟人嗎？」

面對接下來的問題，她一再搖頭。

「原來如此……」

那個人像是懂了似的點點頭。

怎能如此從容……她看著這幅情景皺起眉頭。

「你這傢伙是怎樣？」

「沒你這小子的事。如果不想受傷，就快點給我滾到一邊去。」

「如果是跟這女孩一起，我就離開這裡，不然我就不離開……怎麼樣，大叔們？」

那個人悠然自得地說道，不把那些男人當一回事。

「看來不讓你吃點苦頭，你是不會懂的。」

男人們各自抄起武器，襲擊那個人。

她很害怕，於是一瞬間閉上眼，不敢看那幅情景。

……就算是男孩子，和自己同年紀的人不可能打得過。

她的腦中伴隨這句話，浮現出可怕的情景。

身材差距那麼大……肯定會被狠狠痛揍一頓——她明明那樣以為。

然而戰戰兢兢地睜開眼睛看見的景色，卻完全相反。

大塊頭的男人們遍體鱗傷，倒在地上！

她只能目瞪口呆地看著眼前的情景。

她心想這是不是在作夢，忍不住捏了自己的臉頰。

……捏得意外大力，很痛。

「妳沒事吧？」

少年接近少女身邊，雖然他是創造出這幅情景的人，但她並不害怕。

反倒是安心和喜悅感圍繞著她。

「……是、是的。我沒事……」

「這樣啊……那太好了。真是場災難呢。竟然傷成這樣……」

少年輕撫少女的臉頰。

實在說不出那是因為自己捏的才會紅腫……丟臉的感覺再加上沉醉於少年溫柔的手，使得她瞇細了雙眼。

「謝謝你救了我。」

「不必言謝。像妳這麼可愛的女孩，不可以走這種小路喔。來，我送妳到大馬路上，我們一起走吧。」

被他的手拉著，她起身走了出去。

有點擔心男人們結果怎麼了，會不會再從後方襲擊？於是她瞄了一眼後方。

「不要緊。已經把那些傢伙用力綁起來了，他們沒辦法自己爬起來喔。」

似乎看透了她的心思，少年面帶苦笑說道。

「這、這樣啊……」

「嗯。之後預計交給軍方。」

「我知道了。真的是多虧有你才能得救。謝謝你。」

聽見她道謝，少年這次露出了純粹的真正笑容。

被那笑容準確無誤擊中的她，從那之後陷入整段路途都默默不語的狀態。

順利到達大馬路又走了一會兒後，在人群中釋放出異樣存在感的集團，從反方向走了過來。

……是國軍的士兵們，而且還是直屬將軍的士兵們。

他們是不辱將軍之名，軍中的實力派，或許是由於克服了嚴苛的訓練，他們的一舉一動都英氣十足。

「……啊，糟了……」

一看見他們，至今和她同樣一言不發的少年輕聲道。

他顯然很驚慌失措。

能果斷挑戰大個頭男人們的他，為什麼會……她的腦中浮現那個問題，然而她很快就知道了答案。

率領國軍士兵前進的男人，一看見那名少年就露出顯然嚇了一跳的表情……然後猛衝過來。

「……蠢貨──！」

……連同怒吼一起。

才剛想著出了什麼事，只見男人朝著少年揮拳。

「想說沒看到妳，妳在這裡做什麼！不，等等……老夫大概懂了。真是的……妳不要一頭栽進去啊！」

「我不是一開始就為了一頭栽下去才跑出來的。我是在街上走著的時候，知道了這件事，走了一會兒以後發現了她。」

「……唉～……夠了。妳趕緊回去吧。」

「是……對不起喔。因為這樣，我要回去了。」

少年揮了揮手，隨後乾脆地從現場離開。

「……啊……」

少女本想叫住他……但是連名字都不知道，也就無能為力了。

「來晚了，十分抱歉。老夫的名字叫卡傑爾，前來迎接您了。」

一般來說，對於英雄的登場，通常都會歡天喜地地尋求握手吧。

但是今天比起眼前的國家英雄，自己的那位英雄更重要。

……之後在回去的路上，她好幾次向將軍詢問少年的名字……可是將軍卻支吾其詞，絕不告訴她。

……我絕對要再見到他。

到時不僅是道謝，還有……少女抱著那樣的決心在心中起誓。

† † †

「帕克斯大人，歡迎回來。」

回到宅邸以後，我偶然遇上了哥哥。

姑且還是有外人在看，於是我以護衛的身分問安。

「『歡迎回來』這句話不是妳，而是我該說的話才對吧……妳又去城鎮了嗎？」

「嗚……」

因為是穿著去街頭的裝扮遇上他，因此迅速穿幫也是無可奈何之事。

也沒辦法蒙混過關。

雖說就是因為這樣，才選了不會遇見任何人的路……是運氣不好吧。

「都再三說了別冒失地不帶士兵們就出門上街。因為父親大人的英雄之名，因此應該也有許多貴族嫉妒他。我當然知道妳很強，但如果送來一群刺客，誰也不知道會發生什麼事。扮演護衛的妳要是因此倒下，那就本末倒置了……但過去的事也就算了，起碼別被父親大人發現。」

「……啊……卡傑爾大人已經發現了。」

我游移視線，有些難以啟齒。

「什麼？」

聽見我的話，哥哥的目光霎時變得犀利。

「我到城鎮上遇見貴族大小姐失蹤的大騷動……然後找一找找到了人，想將她送回去的時候，偶然遇上了卡傑爾大人。」

最近我一有空就去城鎮。

雖然以前曾經單獨去城鎮，但是那都是在來往塔的途中穿越大馬路而已。

現在不只是那樣，我會閒晃到城鎮的各個角落。

克洛依茲先生帶我去的時候，我有了很多首次見聞的事物，因為我想了解很多事……那是原因之一。

然後最大的原因，是為了不讓我內心的覺悟變得遲鈍。

光從塔上眺望……我覺得光是那樣不夠。

我想近距離多多感受、了解他們的生活、他們的事情。

那些我一直疏遠的人民。

透過近距離感受，我的決心變得更加堅定……那種想法，不見得是錯誤的。

……希望不會再有人像我那樣嚐到痛苦的那個心願。

越是近距離去感受，我就覺得那種想法更是強烈地刻在我的心上。

話雖如此，今天的事件完全是個偶然。

在城鎮中探索，然後街角發生了小騷動。

我出於興趣去看看發生了什麼事，結果居然是少女不見蹤影。

不過因為是貴族大小姐，所以事件鬧大也是沒辦法的事。

稍微試著找了找，想到未曾謀面的少女的想法……不太清楚外面世界的這一點肯定和自己一樣，既然如此就想了想我自己可能會有興趣的地方……四處奔走結果找到了她。

我到達的時候，身穿可愛但簡便服裝的少女已經遭到她應不想被纏上的男人們追著跑。

說起來那女孩，在我送她回去的這段期間一直沒說話。

……果然會怕我擊退那群男人那時的樣子吧。

哥哥深深嘆了一口氣。

雖然對他那副模樣深感抱歉，但是現在成功拯救那女孩的滿足感仍然占據著我的內心。

「父親大人明明是將軍，卻喜歡親臨現場呢……此外還是貴族子女被劫走的事件，所以覺得自己也參與比較好吧。總之，妳還是死心挨罵吧。」

「我已經挨罵完了……」

「妳太天真了。為了不讓妳去城鎮，會有嚴苛的訓練等著妳喔。」

「不過那樣也挺好的呢。」

「會把那種訓練當成獎賞感到高興的，也就只有妳了。」

哥哥乾笑了幾聲，輕輕拍了拍我的頭然後再次邁開步伐。

之後我回到自己的房間換衣服。

「……梅露，主人叫妳過去。」

我正換好衣服的時候，婆婆走進房間那樣告訴我。

「唉……梅露。請妳不要做太危險的事。婆婆我的身體可承受不了啊。」

她露出有些嚴肅的表情，隨後連同重重的嘆息聲對我說道。

……婆婆似乎一直在擔心我。

「對不起。但很有我的風格對吧？」

我吹噓完以後，婆婆像是放棄了那樣再次嘆氣道：

「……不可以讓主人等。妳快點去吧。」

「是～」

我乖乖聽從婆婆的話走了出去。

婆婆似乎沒有要一起去，她就那樣站在原地。

「……就是那樣想才讓人傷腦筋啊。應該勸誡的我，竟然覺得您那盯著前方前進的身影很有『您的風格』。」

我聽見了從背後傳來的那些話。那真的是很細微的聲音。

但確實聽見了的那句話，令我不禁浮現笑意。

一到了父親大人的房間，就發現父親大人坐在中央的椅子上。

跟婆婆一樣一臉嚴肅。

跟婆婆不一樣的是——不愧是父親大人，氣勢相差懸殊。

「……妳有什麼話要對老夫說？」

「我任性妄為，十分抱歉。」

我一開口就向父親道歉。

因為讓他擔心了，這是無可改變的事實。

但是父親大人，對於我的道歉不知為何重重嘆了一口氣。

「真是的，妳啊……算了。真虧妳能保護好馬克連伯爵家的千金小姐。謝謝妳。」

我聽見父親大人的話低頭致意。

「不過違反老夫的囑咐一個人去城鎮也是事實。從明天開始罰妳一個星期要做嚴苛訓練。暫時別想去城鎮了。」

「是。」

如同哥哥所說的，是特別訓練。

……最近這陣子因為去城鎮，稍微減少了訓練量。我想這是個好機會，要重新鍛鍊嗎……我一面想著那些事，一面再次對著父親大人低頭致意。

†††

「……呼、呼……唔……！」

出現在眼前的，是安德森侯爵家的訓練場。

梅露莉絲在場中央。

她現在似乎正在調整紊亂的呼吸。

汗水滴答滴答地接連流下，就算從遠處看，也看得出衣服吸了太多汗，簡直能擰出水。

「我不怎麼愛對他人的教育方針插嘴……但是你對小姐不會太嚴厲了嗎，卡傑爾？」

羅玫爾在觀察她的模樣之餘，向自己身後的卡傑爾搭話。

「太嚴厲？這是她任性妄為的懲罰，太過嚴厲這樣正好。」

卡傑爾鼻子哼氣，但是完全沒有望向眼前的梅露莉絲那邊。

他是對於自己吩咐的訓練，不必監視她也會確實完成這點有自信吧。

理所當然如同卡傑爾所想，她離開其他眾人，一個人進行卡傑爾吩咐的殘酷訓練。

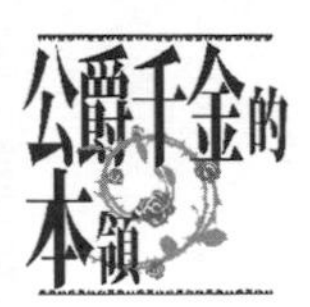

「說是任性妄為的懲罰……也只是去城鎮而已吧？」

「為什麼羅玫爾你會知道……不對，老夫失言了。老夫真的每次都這麼想，你有什麼事情不知道的嗎？」

「別說蠢話。就算是我也有不知道的事。」

「這可不好說呢……」

「哎呀，你還挺緊咬這一點呢。」

卡傑爾瞪著一派輕鬆回覆的羅玫爾。

看到他那種樣子，羅玫爾笑了笑。

對於羅玫爾的反應，卡傑爾瞪得更狠了。

……再繼續笑下去他就要噴火了吧，羅玫爾收起了笑意呼了口氣說：

「盡是些我不知道的事喔。尤其是人應有的樣子。」

相對地他向卡傑爾丟出了那句話。

言語中沒有剛才的輕鬆。

反倒像是流露出身為宰相、支撐著這個國家的他一小部分的辛勞那樣驚人的話語。

「……這話什麼意思？」

羅玫爾那副模樣，令卡傑爾也用認真的語氣提問。

「就是我說的那樣。比方說，對了……為什麼人會期望與自己不符的事物呢。希望是燈火。然而願望若是太強無法控制的話，就會變成野心，太過旺盛的野心之火，明明只會燒燬自己的身體、國家而已。」

卡傑爾對於羅玫爾繼續說下去的那些話感到不解。

「是我自己的事。所以，為什麼小姐不能去城鎮啊？」

「不要突然把話題扯回來！……算了。那老夫倒是問你，貴族的女兒擅自上街去，父母會生氣吧？」

「明明小姐就有應對危險的能力？」

「對擔心孩子的父母來說，那種事毫無關聯。說到底，山賊的幕後黑手還沒上鉤。而且為什麼打算讓老夫允許那傢伙外出……難不成，你……」

卡傑爾想到了某種可能，停下了嘴。

「你直覺真好呢。」

對此羅玫爾也已經揣測到卡傑爾冒出的念頭了吧……在他開口以前便如此答覆。

「你果然要把那孩子當誘餌，逼出幕後黑手嗎？」

卡傑爾的語調變得越來越沉。

被稱為英雄的他散發出的氛圍，非常人所能承受。

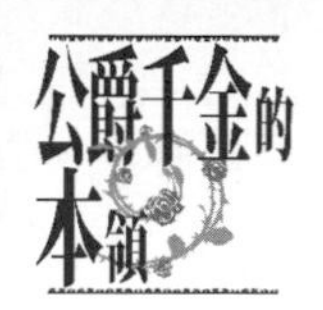

明明應該如此，對此，羅玫爾的模樣卻與先前並無二致。

「你想太多了。不過我也不是沒想過。但是我並不知道小姐她究竟有多強呢。如果你掛保證小姐很強沒有問題的話，或許也是可行……」

「開什麼玩笑。老夫不會讓那傢伙去犯那種險。」

「說得也是。我知道了，你別那樣瞪我。」

「……這可不好說。」

「唉……別太小看我了。」

面對卡傑爾的追擊，反倒是羅玫爾的語氣變得正經起來。

是不同於在辦公室裡大顯神通、在安德森侯爵家看到的他的另一張臉孔。

儘管在不同的地方，然而他也是個跟卡傑爾一樣在持續戰鬥、身經百戰的將領。

「雖然我說你『直覺好』，但沒有說那是『正確答案』……我不動、不讓你動，是因為那樣做才不會讓我們落居下風。雖然我也認為如果讓她動，盤面要動起來會比較容易……然而就算她不擔任那個角色，也只是採取其他對策罷了……」

「……別突然變得一本正經。」

「喂喂喂，那就是你第一句想回的話？」

「哼……」

正好在這一刻，鬥技場那邊傳來了歡呼聲。

羅玫爾反射性地看向那裡。

只見有許多男人，還在注視著位於訓練場中央的梅露莉絲。

看樣子在做完卡傑爾吩咐的課表以後，她跟進行普通訓練的眾人會合，在模擬戰中順利獲勝了。

證據就是輸給她的眾人都倒在地上。

「喂喂喂，你家的小姐……真的是不得了啊。」

羅玫爾不禁大聲說道。

並且從他的語調中……能感受到帶著「有趣」那樣的情感。

羅玫爾從各方面在某種程度上掌握了梅露莉絲的情報。

縱使如此，由於他現在第一次現場看到，嚇了一大跳。

「有誰能想像到呢？那樣瘦弱的女孩子，竟然會比那些軍人還要強。」

「……據本人所言，似乎是精神集中後，『會覺得周遭的動作像是變慢了，能看得很清楚』，而且『耳朵會變得敏銳，能聽見對手的呼吸和自己身體每一塊肌肉移動的聲音』。」

「卡傑爾你也一樣嗎？」

「怎麼可能。老夫只是比一般人直覺好一點的凡人罷了。」

「你才是有資格說那種話嗎……算了。今天讓我看到了有趣的東西。我還會帶酒來找你串門子喔。」

「下次帶馬卡蘭產的來喔。」

「好好好。」

羅玫爾就這樣跟卡傑爾道別，回到了自家。

回到家的那一刻，一副像在說久候多時了那樣子的路易，進入他的視野。

「我回來嘍～」

「歡迎回來……您不趕緊直奔辦公室嗎？」

路易才剛滿十歲，然而看上去並不像那個歲數。

儘管也有銳利的眼神、與溫和相距甚遠的外表這些因素在，但路易身上的氣質才是最重要的原因吧。

不是小孩子，而是背負著責任的成人氣質。

雖然在職場上偶爾有機會聽人談論小孩子……不過從他們口中聽到的小孩和路易相差甚遠，這是羅玫爾的感想。

「你還真冷淡。」

「這是誰的錯啊。」

「天知道。好啦，你也快去工作吧。」

裝糊塗的同時，他的臉上泛起苦笑。

不像個小孩子，一半以上是自己的錯嗎……他如此心想。

明明還是能稱為小孩子的年紀，路易卻已經在輔佐羅玫爾的工作。

由於羅玫爾當年也是一樣，阿爾梅利亞公爵家應該代代都是如此吧。

羅玫爾轉換思維，掃視了一下放在眼前的大量文件。

「喂，路易。」

羅玫爾在中途停手呼喚路易。

「有什麼事嗎？」

「那邊的資料也全都由我來做。相對的，你去詳查這傢伙的資料做個整理。」

路易疑惑地接過文件，然而當他看見交到手上的那些內容時，他的臉色頓時變了。

「這是……」

「不用我說你也明白吧？這是首要事項。」

「當然了。明明光是傭兵就已經很難纏，沒想到霖梅洱公國竟然會出動一部分軍隊。」

「……真虧你有注意到傭兵啊？」

「嗯……雖然我想這樣說，然而這是我調查了父親大人足跡的結果。所以並不是我一個人想到的。」

「但也不簡單了……傭兵那邊已經束手無策了呢。起碼這邊由我來收拾。你當然也會協助我吧？」

「嗯，那是當然的。」

羅玫爾聽見路易的回應點點頭，同時決定埋首於工作之中。

†††

啊，來了……

鏗鏗……木刀互擊的聲響逐漸變得遙遠。

與此同時，我覺得自己的神經變得敏銳。

我本身的存在變得遙遠，腦袋清晰，精神只集中在敵人和自己……戰鬥之中。

甚至會覺得對手的動作變得緩慢，看得一清二楚的眼睛。

甚至能聽見對手的呼吸和自己每一塊肌肉移動的聲音，聽得一清二楚的耳朵。

整合那些情報，算出最適當動作的頭腦。

戰鬥的時候……又或者是告訴自己這是戰鬥的那一瞬間，也許是從我重新下定決心的那一天起，那種感覺就占據了我。

在那種感覺降臨之際，會覺得自己的存在變得遙遠，儘管也會覺得那樣有點恐怖……但與此同時我也充滿了充實感。

我的視野中，並非如以前那樣全是一片紅與黑。

戰鬥時雖說絕非為之著迷……然而色彩鮮豔的洪水，為我視野中的世界添上了色彩。

那是多麼美麗，並且甜美的事啊。

「贏家，梅露！」

由於裁判的聲音，我終於回過神來。

「輸了……妳的狀態很好呢。動作截然不同啊。」

「謝謝您，克洛依茲先生。」

我跟戰鬥的對手克洛依茲先生互相握手。

「是發生了什麼好事嗎？」

「好事……硬要說的話，確實挺開心的呢。」

「……開心？」

「以往的我，覺得自己有義務必須要變強。」

為了復仇。

為了勝過現實的蠻不講理。

為了不要失去。

我必須變強——我那樣子告訴自己。

不管變得多強，我也無法滿足。

……總覺得像只是一直在責備自己還不夠。

「變強的目的消失得一乾二淨……可是我就剩下這個了。察覺到那一點的時候，我一度陷入了絕望。」

一味窩在房間裡，抗拒這個世界。

我對空虛的自己感到悲傷而不去正視，覺得時間快點過去最好，與此同時我又害怕自己在虛度光陰。

「可是克洛依茲先生，參加這個訓練的大家……在我身邊許許多多的人，告訴了我未來和向前走有多重要。既然我只剩這些，那我就徹底琢磨吧……邁向新的目標。這次並不是必須變強，而是期盼著想要變得更強。那麼一來，就覺得自己得到了解脫……現在只是單純樂在其中。雖說對於訓練樂在其中，也許有些不太像話。」

「不，這不是很好嗎？但是，這樣啊……既然妳踏出了新的一步，那我也會大力歡迎喔。」

連同溫柔的笑容所說出的那句溫柔的話，讓我也會心一笑。

「那麼，為了慶祝妳開始新生活，我們去吃飯吧？」

「好！」

訓練結束以後，我跟克洛依茲先生他們去吃飯。

「……雖說是我們邀妳的……不過梅露妳還真能吃啊。」

「咦？」

因為訓練結束後肚子很餓，我狼吞虎嚥。

是不是不像個少女啊……都這時候了我才想到這種事。

順帶一提，只有我一個人大口大口吃，其他眾人都只有小酌幾杯吃點東西。

「因為訓練過後肚子很餓。我平常大概就吃這麼多……當然吃太多變肥身體會變得遲鈍，所以我還是會克制。」

「不不不，我說的不是那個。完成將軍那種地獄課表，真虧妳還有胃口啊。」

「就是說啊～換成是我就吐了！」

「不，說到底可能訓練到一半就吐了。」

聽到周遭人的話，我泛起一抹苦笑。

「我以前也是那樣喔。」

那句話一出，所有人都嚇呆了。

好一會兒所有人一動不動，彷彿這張桌子的時間停止了。

「……請問，我說了什麼奇怪的話嗎？」

在我問出口之後，大家的時間終於向前走了。

「……不、不是，就是有點意外……」

「我、我也是。無法想像那樣子的小梅露。」

「就是說啊。總是一副若無其事的樣子完成訓練的小梅露，沒想到竟然會有那種時候……」

「……因為我還挺小的時候，就成了將軍的徒弟。一開始很吃力，完全吃不下飯，非常辛苦。不過，反正……人類是會習慣的生物呢。」

「咦、咦……換句話說，妳從小訓練量就那麼大？」

「一開始就那樣畢竟還是不可能。那是逐漸增量的結果。能把那種訓練量變成理所當然，也花了不少時間呢。」

「理、理所當然嗎……」

所有人的表情，無一例外全都在抽搐。

「話說各位，大白天就喝酒沒關係嗎？」

不僅帶小孩子來酒吧還在大白天喝酒，這件事嚇了我一跳。

不過……他們邀我來這件事本身，縮短了跟大家之間的距離，讓我很高興。

當然我也像個小孩子那樣，獨自一人點了用水果打成汁的飲料。

「嗯，還好吧。因為我們今天不當差。」

「咦……假日也要進行訓練嗎？真是了不起。」

「將軍的訓練……雖說在軍方的也是那樣，但安德森侯爵家的私人訓練特別受歡迎啊。說到底因為我們是以擠進安德森侯爵家私人士兵訓練的型態，因此參加人數有限。就算在同個部隊裡，要參加也相當困難，競爭相當激烈喔～」

「就是說啊。像我們這種基層士兵，就只能在將軍有空的時候，放棄假日來參加的這個方法了。」

「我很尊敬將軍，如果是為了參加訓練，不管多少個假日我都願意花在這上頭。不過因為這樣，即使放假我的身邊也都是臭男人……沒有豔遇啊。」

「別那樣講……不過確實，我的春天什麼時候會來呢……」

他們的雙眼忽然間望向他方。

那飄散著哀愁的身影，讓我覺得有點悲哀。

「別那麼悲觀啊。」

克洛依茲先生同樣用憐憫的眼神望著他們。

「已婚者怎麼會了解我們的心情啊！」

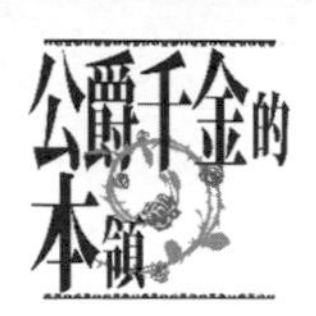

「沒錯！像這裡這樣子，總是向左看向右看不管看哪裡都是些邋遢男人……唉，好空虛。」

原來如此，只有克洛依茲先生他一個人從容不迫，是因為他是已婚者嗎？

……話說……

「我姑且覺得自己並不算是那種邋遢男人……」

為什麼在這裡我會被算成一個男人，讓我很介意。

「哎呀，小梅露確實不是男人……」

「是啊……我明白你想要說什麼喔。」

對我說出那句話語的男人聽見我的話以後游移視線。

順帶一提，他周遭的眾人似乎知道他想要說什麼。

「「因為小梅露比男人更有男子氣概啊（呢）。」」

……啥？

我聽見他們的話歪了歪頭。

「就算是男人也會叫苦連天的訓練，卻不曾說過喪氣話，反倒做得很高興的器量和耐力。」

「完成自主訓練，貪心地想要追求更強的那個身影。」

「瀟灑現身拯救有麻煩的女孩子那樣的帥氣。」

「「哎呀，真是輸了啊。」」

然而垂頭喪氣的他們，在嘆了一口氣以後便開始哈哈大笑。

「喝吧！」

「嗯！單身同志，今天就給他喝到隔天吧！」

「我們單身同盟是恆久不滅的！」

「嘴上那樣說，你會搶先一步吧？」

「怎麼可能！我不可能脫離這個同盟！」

「好了好了……不要吵了。我們是同伴！」

他們在情緒高漲之餘，接連不斷地喝。

「……單身同盟的關係恆久不滅……那樣的話春天就永遠不會來了吧？那還不如早點脫離比較好吧……」

「……別說了。這世上有不能觸及的東西。梅露妳溫柔地守護他們吧。」

克洛依茲先生聽見我對他們那些話的碎碎念吐嘈，用溫柔的目光注視著他們的同時對我說道。

原來如此……我一邊點頭，心裡想著不希望雙腳繼續踏進深邃的黑暗之中，於是我決定移開視線溫柔地守護他們。

在那之後我們吃吃喝喝度過了愉快的時間，然後就散會了。

大家送我到宅邸前，說要續攤，於是就在安德森侯爵家的門前道別了。

儘管克洛依茲先生含淚說著「休假不在家裡吃飯，妻子會討厭我的……！」想要逃跑，但很遺憾地被大家抓住帶走了。

「梅露，讓我送妳進宅邸裡吧。喂，可以吧？給我說可以啊！這是我逃跑的藉口……不對，畢竟是我邀了妳，我果然直到最後都有責任送妳回家。」儘管克洛依茲先生含淚求助，我依然愣愣地看著他們。

那是因為大家抓住他那時的動作，比起訓練時的動作顯然要快得多，就連我也是勉強才跟上反應，純粹為此感到驚訝。

……絕對不是由於「妻子」這個詞讓大家的雙眼閃著危險的光芒，覺得那很恐怖而裝作沒看見。

「梅露～！」

「你又來了，克洛依茲先生。不必保護小梅露也沒關係喔。只要穿過眼前的門就到侯爵家了，天還亮著，最重要的是小梅露比我們強。所以你就放心跟我們一起去喝吧。」

我聽到遠方傳來這樣的聲音，悄悄在心中為克洛依茲先生加油。

那麼……話雖如此，現在還是黃昏時分。

難得去城鎮就這樣回去實在太可惜了，我決定前往塔。

最近由於父親大人管得很嚴，因此我沒辦法一個人去街上。

恐怕他也有吩咐克洛依茲先生他們負責監視我，將我送到家門口吧。

從那一點來看，剛剛在場的克洛依茲先生的判斷是最正確的。

警衛也是熟面孔，看我的臉就放人進去了。

然後我直接爬上好幾階的樓梯。

「路易……」

抵達最上層時，我看見熟悉的背影，忍不住向他搭話。

接近喃喃自語的那一聲或許傳到了他耳裡，只見他慢慢轉過了頭。

「好久不見了，梅莉。」

「嗯，真的。好久不見了。」

儘管久違的那張臉上帶著些許疲憊，但他還是泛起了一抹溫柔的笑容。

「……妳比我想像的還要有精神呢。」

這麼說來，自從抓到山賊以後，就沒再見過他了。

看見他露出似乎有點吃驚感到意外的表情，我忍不住笑了。

「對不起。」

「……你為什麼要道歉？」

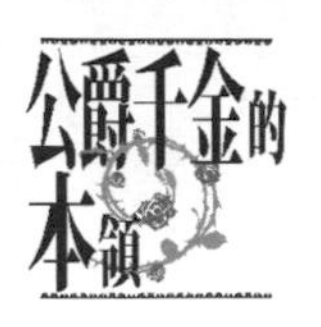

「我單方面質問妳，做了像是把妳逼到走投無路的事。這是賠罪。」

面對一本正經低下頭的他，我的笑意變得更深了。

「你不用道歉。你那時候確實……很嚴厲……但是你說得對。」

我收起笑意，用認真的語氣慎選言辭，為了把該傳達給他的訊息傳遞出去。

「我之前一味看著過去，而拋棄了現在重要的一切事物。實際上抓到山賊以後……生存目標也好，我什麼都沒了，變成一個空虛的人。」

失去路標，有如被丟進黑暗那樣的感覺，和對於茫茫未來的恐懼以及焦慮與虛無。

那個樣子……就那樣看不見未來的話，只要一想像那件事我就不禁戰慄。

「但是那種時候，哥哥的話和你的信讓我向前走了。」

『要是沒了目的，重新再找就好。妳還有的是時間。不用急著尋死。』

寫著他那些話語的信件。

「不過……妳還活著，還活著……！」

哥哥有如吶喊一般說出口的認真話語。

就因為有那些，我對於自己如今活在世上的事非常感恩。

能夠看見自己一直忽視，名為未來的時間。

我覺得從那時候開始，我心中的時間再次開始向前走。

「……所以，謝謝你。」

我說完以後面露笑容，他也笑了笑。

「妳變了呢。」

「是嗎？」

「嗯。一接近感覺就會被刺傷的那種渾身是刺的氛圍不見了。」

他的形容我有印象。

這麼說來，先前克洛依茲先生也說過那種話吧。

「……也許是吧。我現在非常快樂。」

「這樣啊。那真是太好了。」

覺得那些話很難為情，我踩著粗魯的步伐接近他身旁直接坐下。

我會坐下是因為這樣就看不見他那邊了。

只要我坐在能俯瞰城鎮的位置上眺望眼前的風景，不跟站著的他視線相對也不會不自然吧。

「……話說你知道抓到的山賊是我的目標嗎？難不成你原先就知道了？」

「我怎麼可能知道。我只是在想『如果是的話』而已。」

「這樣啊……」

他也在我的身邊坐了下來。

「要吃嗎？」

他忽然從懷裡拿出包裹。

「這是在市場一角……法洛爺爺賣的甜包子。」

「謝謝你。我開動了。」

我從六個甜包子裡隨便選個一個送進口中。

那一瞬間，難以言喻的辣味在口中擴散開來。

「……！」

「啊，妳抽中了嗎？」

見到我的反應，路易若無其事似的輕聲道。

「咳……咳！抽中……是什麼意思？」

「……這包子是六個不同口味為一組販售，其中五個美味得其他地方無法品嚐到，但不知為何一定有一個會是超辣的。就算知道有一個超辣的，但據說好吃到會讓人不禁想買，很有名喔。哎呀，聽說最近也有人表示，同伴們大家分一分，看見有人抽到辣包子的那一瞬間很有趣。」

我打開他一邊說一邊遞過來的水壺，迅速喝起裡面的水。

我把水都喝得精光，口中卻還是火辣辣的。

「真虧妳能一口氣吃下去……妳不知道嗎？話說竟然第一個就抽到……」

路易咬著嘴唇忍笑。

「……！如果知道的話，我就會更慎重地選。」

聽見我的反駁，路易似乎忍不住，開始笑出聲來。

起初我覺得路易的反應一點都不好笑，很是火大，然而卻漸漸覺得好笑，也笑了出來。

在這段期間，不知不覺間我口中的火辣辣感覺也沒了。

「……剛才的是辣的，也就是說已經沒有辣的了吧？再給我一個。」

「嗯，當然好。」

我戰戰兢兢地將遞過來的甜包子放進口中，非常美味。

「……還挺好吃的。為什麼要跟辣的放在一起啊？」

「天知道。不過聽說很受喜歡辣味的人歡迎喔。」

「完全不能理解。」

這是真心話……就接受過辣包子洗禮的我本人而言。

「……路易你經常去城鎮嗎？」

一個小孩子能靠臉就進來這座塔，他的父親應該也是地位相當顯赫的人。

明明是這樣，實在不能理解他怎麼會一個人不停去鎮上。

「……是啊。越是長大成人，肯定會越來越無法自由行動。不論是就時間上或是立場上。就算盼望，也無法像現在這麼自由吧。正因如此，我想趁現在好好享受。」

「哦……」

路易也拿起一個甜包子吃。

「不過，也是多虧如此才能發現這麼好吃的東西。」

「我呢，最近也常去城鎮。以往總是在接受訓練，所以還有很多很多東西都不知道。那個法洛爺爺的甜包子也是。」

「這樣啊……妳喜歡城鎮嗎？」

我思考了一下他的問題。

「……這個嘛，我想現在是喜歡的。」

「那麼接下來再去尋找就行了……只要去了解不就好了嗎？我覺得能不斷了解自己不知道的事物，是最幸福的事喔。」

「的確是呢。」

「那麼下次要邊逛邊吃嗎？我知道好幾間值得推薦的店家喔。」

「咦，你是說真的嗎？那約好嘍。」

對於未來的約定。

那是我為了向前邁進的嶄新一步。

「是啊。」

許下的約定令我內心雀躍。

†††

「唔……」

顧那邊的話，這邊就顧不了。

顧這邊的話，那邊就顧不了。

我盯著棋盤一直看，卻想不到出色的下一手。

應該說，我已經被斷了後路。

「……我認輸。」

結果我乾脆地認輸。

「哥哥，您又變強了。」

「我還有贏不了的人呢。」

聽見他面帶苦笑說的那句話，我自然而然地想起叔叔……更正，是羅玫爾先生。

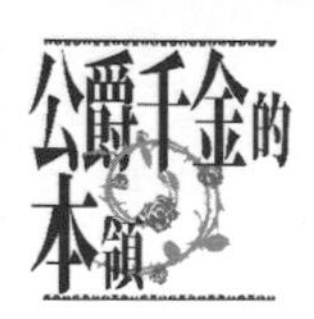

竟然連這麼強的哥哥也無法對抗……那個人究竟是什麼來頭？

「他最近都沒來我們家，應該是又在哪裡到處喝酒吧……」

「天知道。說不定工作意外很忙。」

「工作？……老實說我很難想像叔叔熱心工作的樣子。」

我只有他常喝到醉的記憶。

感覺比起任何人都要像風一樣自由的那個人，在某個地方是商會或國家的齒輪工作的身影，在我的心中實在無法聯想在一起。

「人這種生物意外地很難懂。妳也是一樣。」

「唔？您的意思是我跟叔叔像嗎？」

「雖方向性不同，但根本上是一樣的……都是將凶猛的爪子藏在身後。」

聽著哥哥抽象的話語，我只是一味地歪頭困惑。

「……是說，多謝相陪。我差不多該睡了。」

看了看時鐘，我站了起來。時間差不多了。

「晚安。」

「嗯，晚安。」

隔天，我在天亮以前做了自主訓練。

做完自己訂下的所有課表以後，我去吃飯接著開始學習。

……我連一點戰略的才能都沒有，所以沒有學戰略，然而父親大人叫我身為貴族子女要學習最低限度的課程。

據說是試圖阻止女兒只要有空就上街去的行為。

當然也是因為據說這不可或缺。

沒辦法，如果是跟克洛依茲先生他們那些軍方人員，或者是我們侯爵家的護衛一起出門也就算了，我一個人去城鎮的話，不難想像我會像以前那樣不管什麼事件都一頭栽下去……就是這麼回事。

這個嘛，身為有前科的人，我無法反駁就是了……

不過沒有能教導的人，只是給我「好好學習」這個課題的父親還真是令人無法恭維。

既然我梅露是以大小姐護衛的名義留在侯爵家，我也不是不能理解要請家教很困難。

於是乎，我只能從頭到尾都靠自學。

值得慶幸的，是貴族的宅邸裡無論大小都有圖書室。

也可以在那裡調查並學習，就算這樣最後還是搞不懂的事，去問優秀的哥哥，不管什麼課題都能迎刃而解。

昨天的棋盤遊戲，也是他教我念書結束後順勢玩的。

作為教我念書的報酬，跟他下一局漸漸成為我最近每天的習慣。

雖然自己講有點怪，但是我對於自己能不能當哥哥的對手感到相當疑惑。

拜姑且幾乎每天都玩棋盤遊戲之賜，我感覺技巧有些許提昇。雖說那也證明了我拜託哥哥拜託得有多頻繁。

順帶一提，由於沒有請子女的家教老師，父親大人又對貴族女性的禮儀一竅不通，所以免除了我禮儀方面的教育，要說得救確實是得救了。

於是乎，一天的固定課題結束之後，我完全是閒得沒事做。要就這樣乖乖待在家嗎？又或者是……

我不經意地思索著那種事望向窗外，那裡有安德森侯爵家的衛兵們正在進行訓練。

「休雷先生！」

看到訓練的情景讓我渾身發癢，結果我還是去了樓下的訓練場。

「喔，梅露！」

在訓練小憩片刻之際，我向監督的男人開口搭話。

安德森侯爵家護衛隊副隊長的休雷先生，在安德森侯爵領的訓練場裡跟我一起接受過訓練，所以我們認識。

「好久不見了呢。發生了什麼事嗎？」

「不，我回了安德森侯爵領一趟。確認了領地的治安狀況。」

安德森侯爵家的衛兵們，是父親大人所鍛鍊的強壯戰士……而且還是菁英，因此維持安德森侯爵家內部治安的工作也交給他們。

跟所謂的警衛隊，又或者是王都裡的軍部做的工作都是一樣的。

……正因他們是能撐過父親大人訓練的人們，作為抑制應該備受期待吧。

本來最大的原因，是父親大人不需要護衛，因此沒什麼像樣的工作，雖說如此也不能突然解僱侍奉安德森侯爵家的他們……之類的。

「……原來如此。領地的情況如何？」

「還是一樣。沒有人敢小看卡傑爾大人的領地。」

「那真是太好了。」

「先不說那些，梅露。妳好像大鬧了一場呢。」

「大鬧一場嗎？……我沒什麼印象呢……」

由於父親大人最近盯得很緊的緣故，我一個人要在街頭漫步變得困難了。也幾乎沒有像從前那樣在城鎮裡偶然遇上事件。

「真是個有趣的玩笑。妳擊敗了克洛依茲的事傳到我耳裡了喔。」

「喔……」

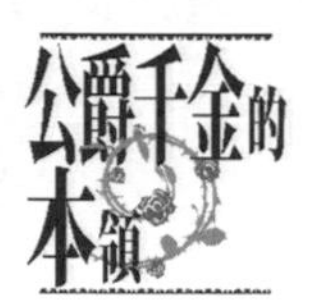

「拿好。」

聽見休雷先生的話，我浮現出一抹苦笑，他隨後將訓練用的劍交給了我。

「讓我瞧瞧妳現在的力量吧。連克洛依茲都能超越的妳的力量。」

露出獰笑的休雷先生，雙眼中蘊含著鬥志的光輝。

哎呀，還真是好戰呢。

不愧是父親大人親自鍛鍊過的人。

「妳的臉真嚇人。」

在我思考那種事情的時候，休雷先生笑著如是說。

「……臉？」

聽見他的提醒，我歪著頭為了確認有沒有沾上什麼東西試著摸了摸自己的臉，然後發覺自己正嘴角上揚。

看樣子在不知不覺間，我也露出了笑容。

真是沒資格說別人啊。

因為我也想像著跟休雷先生之間的戰鬥而情緒高漲。

「……那麼就比賽……」

「……開始！」

話一說完，我就衝了出去。

在奔跑的同時，我的神經依然敏銳判斷休雷先生的動作。

瞬息之間，劍以驚人的速度朝我逼近。

我用劍接住了。

「……哦。」

休雷先生露出了獰笑。

「輕而易舉地擋住……了呢！」

休雷先生一邊說話一邊再次動了起來。

手臂的動作和視線——我從他的不經意的動作中判斷劍招，同樣揮舞刀劍。

「真可怕～妳又變強了吧？」

中途我們拉開距離時，休雷先生向我搭話。

「休雷先生您才是。」

我那樣回答，同時再次動了起來。

「哇……！」

我們一次次劍刃相交。

休雷先生的反應好快。得手了……！儘管這麼想，卻無法使出關鍵一擊。

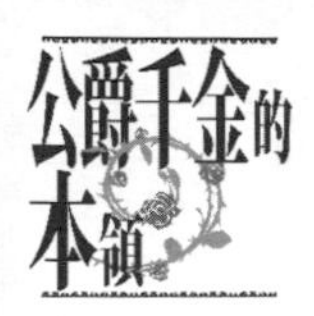

反倒是貼得太近，來了強烈的一擊。

……那樣的一來一往進行的同時，我再次笑了出來。

對這接近極限的攻防戰，我覺得很開心。

對每一擊的反應要是出錯就會輸掉的狀況。

然後伴隨而來的緊張感和亢奮……令我有種真正活在世上的感覺。

然而這愉快的片刻時光也迎來了終結。

我將休雷先生的劍打飛出去，把劍擱在他的脖子上。

「我認輸了。」

「謝謝您。」

聽見休雷先生的話，我把劍從他的脖子上移開。

「哎呀……妳真的變強了呢。我還想說自己身手提昇不少……這代表我還嫩得很。」

「嫩得很什麼的，沒這種事……我才是好幾次都很危險。」

「別說了……唉，回去以後還得再訓練才行呢。」

「……您在說什麼呢，休雷先生？」

「……咦？」

面對我的反問，休雷先生整個人愣住了。

「到太陽下山為止還有時間。我們繼續訓練吧。」

「不、不不不……妳看，我還得去向將軍報告呢！」

「卡傑爾大人傍晚以前都不會回來喔。還是說，您有什麼其他的工作嗎？」

「那倒是沒有……」

「那我們就來訓練吧？」

我笑瞇瞇地說完以後，休雷先生就露出一抹像是死心的笑容拿起了劍。

後來我跟休雷先生進行了好幾次的對打，之後和好幾名安德森侯爵家護衛隊的隊員們進行了一對多的戰鬥訓練。

不僅僅是面對一名敵人集中精神，而是判斷場上的氛圍，看自己身邊的人有何動靜，能夠經常觀察周遭的訓練。

安德森侯爵家的眾人，是從我開始訓練時就一直關注著我的人們，因此能慷慨地陪我訓練、給我建議。

那讓人很難為情，也很開心。

相比之下，在王都參加訓練的眾人，是把我看成跟他們平等的。

……很大的原因，是參加訓練的軍方眾人中也是頂尖的克洛依茲先生是那種態度吧。

安德森侯爵家護衛隊的眾人也是，當軍方的成員和騎士團的成員一同在場，果然還是會仿照

克洛依茲先生來與我應對。

那是在頻繁更迭，絕非只有好心大人的環境中，為了讓我不被看輕的顧慮吧。

雖然置身於眾人嚴厲的目光中，但被視為能獨當一面，反而也讓我感到自豪。

跟安德森侯爵家護衛隊員的訓練，簡直就像是回到老家那樣……無拘無束地活動，相對於此，在王都的訓練經常有緊張感，像是在職場的感覺。

不過我沒實際做過工作，是我想像中總覺得是那樣。

並不是說哪邊比較好，兩邊都是為了讓我成長而不可或缺的存在。

「啊，克洛依茲先生！」

我向突然出現的克洛依茲先生搭話。

「啊，梅露……妳又搞得這麼誇張啊。」

在我的身邊盡是屍橫遍野……看見倒下的護衛隊眾人，克洛依茲先生面泛苦笑道。

「……克洛依茲先生您為什麼今天會來這裡？卡傑爾大人還沒回來。」

對於克洛依茲先生那樣的反應，我也泛起同樣的笑容向他詢問。

「喔，真的假的……那是錯過了吧。算了。我只是想說都到附近了，就順便過來。」

「唷，克洛依茲。」

「喔，休雷。你來這裡了嗎？」

休雷先生重新復活，向克洛依茲先生搭話。

他們兩個人年紀一樣大，再加上克洛依茲先生頻繁參加安德森侯爵家的私人訓練，因而見面的機會也多，兩人非常意氣相投。

「……從剛剛的情況來看，你才回來一下子就被梅露打敗了嗎？」

「唉……如你所見。因為你輸了，我就在想她的成長有多驚人……嗯，果然很厲害。」

「對吧。」

「先不說那個……喂，克洛依茲。你今天晚點有空嗎？」

「唔？喔，算有吧。剛剛才交接完畢。」

「既然如此，晚上去喝一杯吧。好久沒來王都，你就陪我一下吧。」

「啊……那好吧。既然如此，這時間參加訓練的那些人工作也結束了，要叫上他們一起去喝嗎？」

「喔～就這麼辦吧。」

「……梅露妳有什麼打算？」

兩個人說完以後，克洛依茲先生突然把話題拋到我身上。

「我可以去嗎？」

「嗯，當然了。都是在這裡一起流汗的同伴，一起慶祝休雷造訪王都吧。」

「好的！謝謝您。」

……於是乎我來到了鎮上。

要出門以前正好父親大人回來了，休雷先生和克洛依茲先生各自向父親大人做了報告，我也告訴他接下來要跟休雷先生他們出去。

他說：「唔……有休雷和克洛依茲盯著，妳也不會作怪吧。」順利答應了這件事固然很好……

不過父親大人擔心的地方是「我」會不會引發什麼騷動，這實在令人不敢苟同，我差點就要忍不住說出口。

話雖如此，畢竟有前科，於是我閉上了嘴。

禍從口出——我選擇聰明地不出聲。

不提那些，儘管入夜了還是很熱鬧的繁華市區。

四處的店家都有很多人在吃吃喝喝。

在那當中我們進了一間比較沉穩，似乎有些昂貴的店。

老實說這是我第二次來這兒。

之前克洛依茲先生他們有帶我來過。

「哎呀，休雷先生，您好久沒來了呢。會暫時待在王都嗎？」

我們一進店，後頭就有一名女性走了過來向休雷先生打招呼。

她是這間店的老闆娘卡琉伊夫人。

「說不準。老實說我不知道。」

「哈哈。總之有工作是件好事啊。拚命努力工作，用賺到的錢來這裡盡情歇息一下啊。」

「我有時常光顧吧，夫人。」

休雷先生面露苦笑回應她。

夫人見他那種反應，露出了嫵媚的笑容。

我的視線從他們倆身上移開看看店裡。

店裡有盛裝打扮的女性，增添了全場的光彩。

今天生意好像也很不錯。

「哎呀……！今天小梅露也一起來了呢。」

「好久不見了，夫人。」

「啊……還是一樣，多麼有禮貌的孩子啊！而且真的好可愛喔。」

夫人雙眼發光地注視著我，摸了摸我的頭。

上次來的時候，不知為何夫人似乎很中意我。

這麼漂亮的人對我有純粹的好感，感覺心情很不錯。

……感覺來自前後左右的視線紛紛扎在我身上，但我並不在意。

「小梅露妳今天要喝什麼？為了小梅露妳，我事先進了很多種類的水果喔。」

「真的嗎？……謝謝您，夫人。」

「來，我們一起去座位那邊吧。」

夫人牽著我的手走到座位上。

我熱衷於和夫人對話，那時候沒注意到——

「……喂，克洛依茲。為什麼夫人會跟梅露那麼親近？」

「聽說……夫人被搶劫的時候，搶回被偷走東西的人就是梅露。瀟灑現身擋在犯人前方，然後漂亮地制裁激動的傢伙們。不求回報，而且據說直接護送她回去。『那種可愛，而且比男人更有男子氣概的言行舉止令人著迷！』夫人是這樣說的。順帶一提本人聽說已經完全忘記那件事了。」

「連身經百戰的夫人都被迷得七葷八素……後生可畏。」

「嗯。真的。就各種意義上而言。」

……他們在後頭進行著那樣的對話。

入座之後，有幾個女人也一起坐下。

夫人坐在我的身邊，殷勤地照料我。

大家在愉快對話之際，同席的女人們進一步拓展話題增添精彩。

「這種果汁很好喝。夫人，謝謝您。」

「小梅露竟然向我道謝，我好高興。提前準備算是值得了。」

夫人的笑容很耀眼。

夫人的笑容對於同席的女人們來說似乎很罕見，只見她們一直眨眼看著夫人。

「夫人，您真的很喜歡小梅露呢。話說上次她是跟克洛依茲先生他們一起來，這次是跟休雷先生他們一起來的……小梅露跟大家究竟有什麼關係呢？」

其中一名女性那樣向我提問。

「這傢伙跟我們一起訓練。」

回答這個問題的人是克洛依茲先生。

「咦？這個年紀？各位都很強對吧？……她能跟你們一起訓練？」

「嗯，沒錯。不然她也不會跟我們來這兒。」

克洛依茲先生說得更加詳細並且面露苦笑。

不對……不光是克洛依茲先生。

在場的所有人都露出同樣的神情。

「不過我聽說是相當嚴格的訓練……小梅露沒問題嗎？」

「我跟休雷先生他們同樣擔任護衛。為了主人必須變強。」

我姑且告訴她表面上的設定。

聽見我的說明，有人更加感到驚訝、有人心領神會……大家的反應非常有趣。

這下子如果說出真正身分的話會怎麼樣，我有點好奇。

……不過，我不會說就是了。

「這樣啊……明明還這麼小，真是努力呢。」

「不，沒那種事……」

我有點害羞，感覺熱度都集中在臉上了。

「……其實我有個妹妹。我想大概跟小梅露妳一樣大喔。」

「咦……令妹嗎？如果是姊姊您的妹妹，肯定很可愛吧？」

實際上，在我眼前的就是一名一頭淡金色直髮為特徵，婀娜多姿的美女。

「哎呀，小梅露妳真是的。」

她聽見我的話以後嘻嘻笑道。

……嗯，果然很漂亮。

坐在休雷先生隔壁的男人……岡茲先生看著她臉就紅了起來，就是最好的證據。

突然間，我看了下自己的模樣。

……一身完全沒有女孩子家氣息的裝扮。

還被克洛依茲先生和休雷先生他們，說是比男人更有男子氣概。

我並沒有覺得不滿，向來也沒有放在心上……但是在這麼多美麗的人們圍繞之下，果然還是會在意。

「小梅露，怎麼了嗎？」

是我顯露在表情上，又或者是她太敏銳了呢？她如此開口問道。

「我覺得各位都很漂亮呢。」

「呵呵呵……謝謝妳。但是小梅露妳也非常可愛喔！」

「……是嗎？」

「是啊。妳不用心急，女孩子都能成為自己想要的樣子。只要小梅露妳有心的話，等長大一點肯定會成為每個人都會回頭看上一眼的美女喔。」

每個人都會回頭……老實說這實在難以想像，不過她的話安慰了我。

「小梅露，如果有什麼事要諮詢，隨時都能開口喔……小梅露的身邊也許有很多同伴，但我想今後肯定也會有很多事想問問同性的意見。」

「謝謝您。呃……」

「我的名字叫露露麗亞。」

「露露麗亞小姐，今後也請多多指教了。」

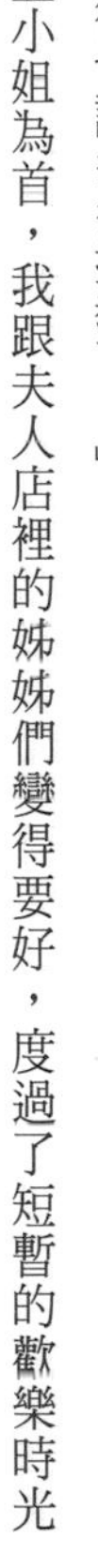
這天晚上以露露麗亞小姐為首，我跟夫人店裡的姊姊們變得要好，度過了短暫的歡樂時光後，走出了店門。

† † †

自那之後過了幾天，我結束訓練前往塔。

父親大人暫時回領地去了。

這就是所謂的……鬼不在的時候。

「……好久不見了，梅莉。」

出現在那裡的人是路易。

「……好久不見了，路易。」

我們並沒有特地約好。

說到底，我除了他的名字以外什麼都不知道，所以也沒有聯絡方法。

「你瘦了嗎？」

與其說是瘦了，準確的形容應該是變憔悴。

……對於我的問題，他露出一抹苦笑道：

「最近這陣子有點忙吧。梅莉妳精神飽滿那就再好不過了。」

「……算是吧。」

我靜靜地望著眼前的風景。

他也在我的身旁同樣注視著下方。

「……話說回來……」

路易忽然像是回想起來那樣開口道：

「我們約好了吧，要一起去逛街。」

那句話不知為何令我的內心感到雀躍。

「要不要現在去？」

「我很樂意！」

於是乎，我跟他一起下了塔來到了鎮上。

「這是先前吃的法洛爺爺的店。然後那邊是叫盧滋貝利的店……」

「啊，我有聽過這間！這間的甜點很有名呢。」

我曾經從國軍軍人的口中，聽過那間店的名字。

「這樣啊。有吃過嗎？」

「……很遺憾，沒有。」

但遺憾的是國軍的人們之中沒有會積極前往甜點店的人，至今我還沒去過。

「那我們去看看吧？」

「……可以嗎？」

「什麼可不可以……我也覺得有點嘴饞。」

「謝謝。那我們走吧。」

承蒙路易的好意，我們排隊進入了那間甜點店。

不愧是著名店家，店裡人很多，相當熱鬧。

「……要點什麼決定好了嗎？」

「等一下。我還沒決定好是要點派還是點司康。」

我看著陳列的品項，認真地煩惱著。

兩種好像都很受歡迎，坐在桌子前享用的人們，大概也都是吃那兩種。

「……那我要派和司康各一個。」

在我煩惱的期間，路易迅速點好並付了錢。

「路易？我還沒決定好……」

「？妳兩種都想吃吧？那麼就點兩個，我們各分一半不就好了嗎？」

路易說得一副理所當然，我整個人愣住了。

「可以嗎？」

「妳不用那麼客氣。」

說完，路易浮現出一抹苦笑。

「啊，不然起碼讓我付錢……」

我話說到一半，路易默默地搖了搖頭。

「小姐，這種時候妳可不用客氣呀。難得的約會，就給那個男孩子一點面子吧。」

店裡的阿姨向我搭話，同時將商品遞給了路易。

「約……」

約會這個詞語，在我心中激起巨大的漣漪。

是至今與我無緣的詞語，還以為將來也是一樣……

「啊，梅莉，那邊有空位……妳怎麼了嗎？」

相對於完全陷入混亂的我，路易看上去一如往常。

他明明肯定有聽到阿姨的話。

……看見路易那樣冷靜至極的模樣，我覺得有點不甘心。

「不，沒什麼。謝謝你，路易。」

不愧是著名的店家，那裡的甜點非常美味。

吃完以後，我們再次在鎮上漫步。

……我在意著剛才阿姨說的話，變得過分意識路易。

即使如此，路易果然還是一如往常。

總覺得光是我一個人在意，就像個笨蛋一樣……我在內心暗暗嘆氣。

不經意間，我看見一間陳列可愛小東西的店。

……如果是身上戴著這麼可愛東西的女孩，路易也會稍微在意吧。

說到底，路易知道我是女孩子嗎？

我總是無論打扮或舉止都像個男孩子。

……話雖如此，事到如今我也不可能改變自己。

更重要的，是事到如今要戴上那麼可愛的東西……感覺有點難為情。

雖然我覺得那個髮飾本身很可愛。

「……喂，妳還好吧？」

在我呆呆地想著那種事的時候，路易突然出現在我視野之中。

「哇！」

看見我的反應，他笑嘻嘻地說：

「抱歉、抱歉……妳從剛剛開始就一直發呆，是累了嗎？」

「不，沒有。我在想些事情。」

「這樣啊。」

路易做出那種反應以後，大步大步向前走。

……為我擔心固然是很高興，但再多說點什麼就好了……我腦中浮現這種任性的念頭。

也許是一面想著那種事一邊走路的緣故，我跟路人撞個正著。

「啊……」

路上有很多行人在步行，我停下腳步的那一刻，就找不著路易的身影了。

那一瞬間，我大大地嘆了口氣。

……明明好不容易能度過愉快的時間。

居然被負面想法所困，我在耍什麼蠢啊。

「梅莉。」

停下腳步反省之際，路易過來接我了。

「路易，走散了真是抱歉。」

「順利會合了就好。走太快了我才抱歉。來。」

對於我的道歉做出沒什麼大不了的反應以後，他向我伸出了手。

「別再走散嘍。」

「……嗯！」

我握住了那隻手，配合他走路的步伐。

就這樣，我們再次開始在鎮上漫步。

……跟路易一同度過的時間果然很開心。

所以就別再想些亂七八糟的了。

難得的愉快時光，我想愉快地度過。

「話說這附近有間武器專賣店喔。啊，就是那間。」

路易像是忽然想起來那樣說道。

我對他那句話反應很大。

「……武器店？我想逛逛！」

見我那種反應，路易嘻嘻笑著帶我前往那裡。

這裡店鋪林立，在王都中也是數一數二的大道。

那間店就位於邊緣的一隅。

一進入其中就覺得不愧是專賣店，狹窄空間內擺放著各式各樣的武器。

從見過到沒見過的武器琳瑯滿目，就是純粹欣賞也很有趣。

只是有點蒙塵算是美中不足的地方。

儘管在咳嗽，但這幅光景讓我感到興奮，隨即為之著迷。

「歡迎光臨……怎麼，是你啊。」

從裡面出現像是老闆的老人，向路易輕鬆地搭話。

「怎麼是什麼意思啊？」

路易似乎是習慣了，也用輕鬆的語氣應答。

「才想說你很久沒來了……怎麼能帶這麼可愛的小姐來這種地方。你快回去，去討這女孩的歡心就好。」

「可是她說想來這裡。」

「咦？」

「大叔幸會。我喜歡看武器……應該說是很感興趣。可以請您務必讓我看看嗎？」

大叔默默聽著我的問題注視著我。

不久之後，他露出了竊笑說：

「……竟然不是在說笑啊。真是個怪女孩。」

那句話刺中我的心。

明明剛才還在煩惱著可愛什麼的，結果還是輸給了慾望，讓路易帶我來到這裡，事到如今我

自己也覺得不妥。

「好吧。妳要看就看吧。」

得到老闆的同意後，路易笑嘻嘻地說：

「太好了。這間店的老闆心思不在生意上……如果是不喜歡的客人，馬上就會被攆出店門。」

「……是個責任感很強的大叔呢。」

對於路易的話，我的反應只有這一句話。

……那是因為這裡是武器店。

武器依使用方法而異，是拿來傷人的道具。

因為理解那件事，眼前的老闆重視的並非利益，而是自行篩檢是不是有著邪惡想法的人吧。

正是因為他理解那種重要性。

「小姐，我有珍藏的好東西。妳要看嗎？」

「我很樂意！」

大叔從後頭拿出來的，是各家工坊打造的劍。

他一把一把拿給我看，並且非常仔細地說明。

「小姐，有中意的妳可以拿拿看啊。」

我承蒙他的提議，試著拿了自己中意的劍。

「萊德利工坊打造的劍確實相當重呢。雖說攻擊的勁道也會變大，但以我來說，應該還會被這劍要得團團轉。」

我離他們兩個人遠一點，稍微揮一下劍。

跟我用慣的劍相比，這把劍相當重，想像和動作無法一致。

大叔喃喃自語的那句話，令我不禁浮現出一抹苦笑。

「……很熟練呢，小姐。」

看見我的反應，大叔也露出悲傷的笑容。

大叔大概也明白吧。

看到剛才的揮劍練習，就明白我做了多少訓練。

將多少時間獻給了劍術這條路。

「算了，不識相的事我就不問了……小姐妳有重要的人嗎？」

「嗯，當然了。」

當我強而有力地回答他這個像是在安慰我的問題，方才沉重的氣氛就消失了，取而代之的是大叔浮現出一道溫柔的笑容。

「是嗎是嗎……那妳要好好珍惜。珍惜理解自己並陪伴在身邊的人。那邊的小鬼也是。」

「謝謝您，大叔。」

之後又像什麼事都沒發生過那樣，我跟大叔熱烈談論著跟劍有關的話題。

注意到的時候，已經過了好一段時間。

「我會再來的，大叔。」

「嗯嗯，我會期待的喔。」

告別了已經變得友好的大叔，我跟路易兩個人走出了店門。

外頭的夕陽正在西沉。

「我很開心。路易，謝謝你。」

「嗯。妳覺得開心就好。」

……我們兩人並肩走到的地方，又是那座塔。

路易走在前面，我們爬上最高的地方。

「……雖然經常來這裡。不過我最喜歡在這時間從這裡望出去的風景。」

路易說得沒錯。

我抬頭一望，是淡紫色的天空。

混合夜晚的黑暗和夕陽的紅霞，顯現出幻想般的色彩。

往左邊看，赤紅色的夕陽正在沉沒。

往右邊看，月亮在昏暗中發出朦朧的光輝。

出現在眼前的城鎮居民，無論大人小孩都踏上了歸途。

也許是因為這樣，總覺得路上的行人比起剛才走在街上的時候還要多。

「……聽我說。路易……」

「怎麼了？」

「以前你說過吧？『我想保護能讓他們每個人安心生活的國家』。」

「……是沒錯。」

「我呢，果然無法理解……想要保護這個國家的那種心情。」

聽見我的話，路易沒有做出任何反應。只是默默地似乎在等待我繼續說下去。

「不過我想到了。失去了復仇的目標，失去了一切後，接下來想要做什麼，今後想要怎麼做。我想了很多，最後在這裡想到了。最好……再也不要出現像我這樣悲嘆著失去重要之人的人。正因為知道那種痛苦，才不希望有人有同樣的遭遇。我會為此揮舞刀劍。我已經那樣決定了。」

「……妳沒必要想得太複雜不是嗎？」

路易的言語，使我一瞬間歪了歪頭。

「那就是想要保護的心情對吧？」

然而他接下來所說的那句話，讓我湧現了笑容。

……這樣啊。這就是想要保護的心情啊……

與此同時，我的腦中浮現出跟我一起訓練的國軍士兵們的臉。

我想變得像他們一樣。

就像從後方在父親大人創造的路上猛衝的他們那樣。

為了輾轉到頭，能夠讓我重要的人們面帶笑容。

我也要成為國軍的一員。

「……謝謝你，路易。」

路易對我的道謝露出一記苦笑。

「我什麼都沒做。是妳一邊煩惱，一邊考慮到最後得出的結論吧。」

「嗯。但是我想向你道謝。而且我今天非常開心，我也想為此道謝。」

「這樣啊。」

路易微微笑了。

雖然他的表情沒什麼變，但是我知道他現在露出了笑容。

「……啊，對了。這個。」

路易忽然將包裹遞給了我。

「……這個是？」

「打開看看。」

我依他所言打開一看，裡面有個很可愛的髮飾。

是我在街上看到出神的那一個。

「路易，這是！」

我嚇了一跳，不禁叫出聲來。

「妳看了很久對吧？」

「是、是沒錯……但是跟我不配……」

剛才在武器店興奮成那樣的我……不是跟這麼可愛的東西相配的性格。

「很相配。」

路易說完，把髮飾別在我的頭上。

「……嗯，果然跟妳很相配。」

我的臉在發燙。

我覺得很羞恥、很高興……無法思考任何事。

……可是……

「雖然很高興，但我不能收……」

果然謙讓還是贏了。

「這是慶祝妳開始新生活。」

路易對我那樣說道。

「……咦？」

「這是慶祝妳找到了新的道路。為了擁有同樣煩惱的妳，我想做些什麼，所以妳收下吧。再說要是妳不收下，這髮飾就無處可去了喔。」

對於他罕見地半開玩笑的那些話，我自然而然地笑了出來。

「謝謝你，路易。」

……為了不弄壞髮飾，我戰戰兢兢地握緊，接著開口道謝。

這髮飾成了我最珍貴的寶物——那種事自不待言。

†††

「……酸酸甜甜的呢。」

那之後過了幾天，我為了諮詢而獨自造訪了夫人的店。

諮詢內容是怎樣成為配得上路易送的髮飾那樣可愛的女孩子……

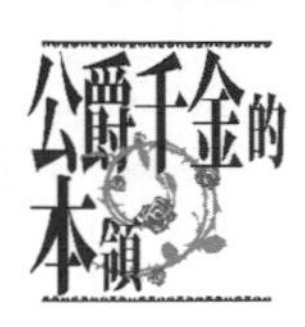

不對，路易說了跟我很相配。

就算只有一點，要是能變得更可愛更相配的話……我是那樣想的。

話雖如此，要說侯爵家的人們裡，有誰能夠諮詢的話……

我想不出半個人。

說到底，我怕自己一個人去城鎮的事會事蹟敗露。

最重要的是我從很久以前就覺得……夫人店裡的姊姊們都很漂亮又出色。

因此我造訪了夫人的店……

結果在姊姊們追根究柢的追問之下，事情的來龍去脈我大致上都說了。

姊姊們全都用溫暖的眼神溫柔地注視著我。

反倒換我感到難為情了。

「……話、話說回來，我要怎麼做才能變得像姊姊妳們那樣漂亮？」

當我再次提問時，姊姊們笑了笑。

「小梅露，妳在說什麼啊。」

露露麗亞小姐一邊竊笑一邊開口。

……果然像我這種貨色要變可愛這種事……從基礎本身就不可能嗎？就在我要放棄時——

「喂，各位，不講清楚可不行喔。小梅露會完全誤會到另一個方向去的。」

夫人開口提醒大家。

「哎呀，抱歉，小梅露。不過，一想到事到如今妳在說些什麼呢，就覺得好笑。」

露露麗亞還是帶著竊笑，將手伸向我的臉頰。

「小梅露妳身上明明已經有了讓女孩子變得最可愛的魔法。事到如今竟然還問想變可愛該怎麼辦才好呢……」

「……變得最可愛的魔法？」

「是心意喔。之前也說過吧？心裡想著要變可愛的女孩子，無論何時都能變可愛喔。」

「沒錯沒錯。尤其是戀愛中的少女可是最強的喔。」

姊姊們盡情摸著我的臉頰。

「……戀、戀愛？」

「妳正在戀愛吧，小梅露。」

「就是說啊~我認為不管怎麼想，這都是戀愛少女的想法喔。」

看到我誇張的反應，姊姊們笑了出來。

戀愛、戀愛、戀愛……？

「哎呀，要從那裡開始嗎？」

姊姊們看見我像是煮得熟透的臉，露出了苦笑。

「妳是為了他想要變美的吧？」

我為了露露麗亞小姐的話感到煩惱之餘點了點頭。

「為了他的一舉一動忽喜忽憂……但是那很幸福對吧？」

我聽見那句話再次點頭。

「小梅露，除了他以外，還有讓妳產生那種感覺的人嗎？」

我搖了搖頭。

「那不就是答案了嗎？由我來說就太不解風情了。只要對自己誠實，答案就在小梅露妳的心中。」

我不禁開始思考路易的事。

不去想有的沒的多餘的事，只是一心想著他的事。

光是想到他，我就怦然心動。

覺得既高興又幸福。

……只能在他身上感受到這種特別的感覺。

如果把那種特別稱之為戀愛——

那麼我確實是愛著他。

「先不說那些，只要是戀愛中的少女就會變得越來越漂亮喔。」

其他姊姊說的那句話，讓我歪了歪頭。

「哎呀，妳不相信吧？」

露露麗亞小姐犀利的話語，讓我說不出話來。

「那我就說了。小梅露，跟之前不一樣，妳現在每天都會護髮對吧？」

……的確是。

我想說至少能做些什麼，就照婆婆教我的辦法每天晚上護髮。

「在意識到他以前，妳會做那種事嗎？」

對於那個問題，我搖了搖頭。

「肌膚也比以前更有光澤，妳有在做些什麼對吧？」

其他姊姊犀利地指出這點，這次我點了點頭。

如同那個姊姊說的，跟頭髮一樣，我也用婆婆教我的辦法每天晚上護理臉部。

「就這樣，會逐漸注意到一些小事情然後不斷累積。美麗沒有捷徑，慢慢做起來吧。」

「……不過小梅露底子就很棒了。我想很快就會變成大家都會回頭看一眼那樣的美女。」

「沒錯。首先小梅露，妳要有自信。妳不相信自己，誰會相信妳呢？」

對於讓我無庸置疑覺得很有道理的那番話，我認真地點了點頭。

「很好。那接下來就慢慢為了變得更可愛好好努力吧。我們也會聲援妳的。」

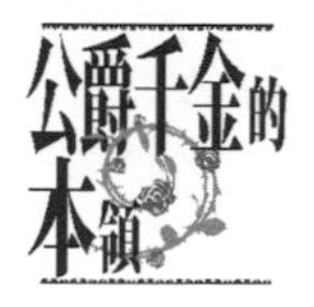

「謝謝姊姊們。」

「……不過在那之前，小梅露，再多說一點妳那酸酸甜甜的故事。」

姊姊們的眼中犀利地閃爍著奇異的光輝。

「……咦？」

之後我被姊姊們狠狠戲弄了一番。

†††

刀劍相交的聲音響起。

「贏家，梅露！」

呼……我流著汗，為了勝利坦率地感到高興。

「妳的狀態真的很不錯呢，梅露。」

一旁觀戰的克洛依茲先生向我搭話。

「謝謝您，克洛依茲先生。」

即使知道了美麗之路險峻且嚴苛，但一碼歸一碼。

我每天大部分的時間都花費在訓練上。

打從確立目標以後，我就專心在訓練上。

就如克洛依茲先生所說的，狀態確實很好。

「小梅露，我們再打一場吧！」

蹲在地上的對戰對手，雙眼發出光芒般向我提議。

「當然好。」

……這也沒辦法。

只要訓練的話……隨著戰鬥的次數增多，那都會成為我身體的一部分。

然後我在訓練結束後，還跟好幾個人打了模擬戰，做完自主訓練後，回到了宅邸。

「帕克斯大人。」

在回房的途中，我見到哥哥開口向他搭話。

「您做好入學的準備了嗎？」

過完年哥哥就要去上學了。

那間學園聚集了貴族的公子千金，在接受高等教育的同時，也是為了加深貴族之間同輩交流的地方。

如果是哥哥這類人，首先學習方面我想不成問題。

「嗯，已經幾乎做完了喔。是說，也沒有什麼好準備的呢。」

「是嗎……帕克斯大人不在，我會覺得寂寞呢。」
學園基本上都要住校，因此哥哥會好一段時間都不在家。
「哎，別那樣講。休假時我會回來。」
「那麼屆時請告訴我學園的事。」
「是啊……」
他悄悄貼近我的耳邊。
「妳三年後也要去呢。」
然後輕聲地對我耳語。
「確實如此。不過老實說我提不起勁。」
「是嗎？」
「是的……我跟帕克斯大人不一樣，並沒有那麼努力地認真學習，最重要的是如果有那些時間，我想進行訓練。」
儘管並不覺得全是浪費時間，但一旦入學開始住校，就不能參加訓練了。
說到底能不能自主訓練也是個謎。
那樣一想，就覺得如果可以不去上學，想要繼續這樣留在家裡努力做訓練。這是我真正的想法。

「原來如此。不過還有三年。將來的事妳慢慢考慮就好。」

「……是。」

我點點頭，哥哥摸了摸我的頭。

「話說我要回領地一趟。」

他忽然像是回想起來那樣喃喃道。

「……咦？」

「在入學以前，我有很多想先做完的事。因為很長一段時間沒回去。這次決定要回去了。妳有想要什麼特產嗎？」

「不……並沒有特別想要的。話說帕克斯大人，您沒問題嗎？」

「別看我這樣，我姑且還是有累積相關訓練，也帶上了護衛。妳替我擔心我很感激，但沒問題喔。」

看著哥哥的苦笑，但我還是感到越來越不安。

有過母親大人的事件，我也被襲擊過。

要人不擔心才強人所難。

之後我因為那件事感到煩悶，可是與此同時日子還是一天天過去。

然後在哥哥啟程的當天。

為了悄悄從後頭追上哥哥，我騎著馬。

儘管之後肯定會挨父親大人的罵，但我果然還是擔心哥哥。

保持著不會被發現的距離，我跟在哥哥他們的後頭。

到底還是有所戒備吧，這次有為數不少的護衛跟哥哥一起上路。

數量自然是沒話說，但以休雷先生為首，還匯聚了不少菁英。

然而當我在確認護衛成員的時候，卻發覺裡頭混進了國軍的士兵們。

……為什麼國軍的士兵會？

雖然我以為是錯覺，但是我在每天的訓練中都有看到他們的臉孔……不可能搞錯。

而且在國軍的成員中，理應位居副將軍的克洛依茲先生也在。

……不可能。

那是因為不管有多麼擔心哥哥，首先父親大人並不會將國軍拿來用在私人領域。

究竟是為什麼……

難以形容的不協調感，掠過我的心中。

成員方面沒有問題，可是那種不協調感成了動機，結果我就決定跟下去了。

離開王都後，我們在悠閒的風景中前進。

幸虧哥哥他們一行人走的是人多的道路，目前我即使跟在後頭也不顯眼。

雖然為了慎重起見，我還是穿了有附兜帽的斗篷。

……這麼說來，我好久沒離開王都了呢。

我忽然浮現這個念頭。

同時我也能輕易想像到，此刻發現我的留言，父親大人會對去追哥哥的我火冒三丈，我很在意回去以後會受到怎樣的處置。

總之會暫時去不了城鎮吧。

他會發多大的火呢……但事實上我就是很擔心，所以還是乾脆地接受吧。

父親大人的怒氣很可怕，但是我覺得後悔更加可怕。

要是哥哥有什麼萬一，我後悔也後悔不完。

正因如此，我不打算由於害怕父親大人的怒氣而打道回府。

……不管發生什麼事旅途都要繼續下去，我要保護哥哥……！

我堅定那樣的覺悟繼續旅途，然而要繼續旅行，冒出了一個問題。

既然要繼續旅行，最成問題的東西……那就是盤纏。

旅行還挺花錢的。

雖說如此，因為這是祕密旅行，所以也不可能拜託家裡。

總之我把能拿到的錢都帶出來了……但是脖子上掛的錢包，重量比想像中的還輕，讓人覺得

靠不住。

就算把縫在衣服上的那些考慮進去，究竟夠不夠呢……

……日子一天天過去，目睹著帶出來原本就不多的盤纏變得越來越少，就算是我也開始著急了。

說是這麼說，但我沒有折返這個選項。

因此首先我決定削減住宿費。

……如果可以，為了預防有人襲擊，旅館也在同一個地方比較好。

但是沒辦法的事就是沒辦法，我只能妥協住在盡可能近的旅館裡。

確認哥哥住宿的旅館，再選擇離那裡最近又最便宜供旅客住宿的旅館。

其他還有餐費和水費，我盡可能在路上自己準備好……我一邊含淚竭盡宛如野戰生活那樣的努力，一邊一個勁兒地跟在哥哥的後頭。

就這樣，我們來到再過不久就會抵達領地的地方。

人煙漸漸變少，要跟蹤也變得更困難了。

因此我走的不是鋪好的道路，而是在四周算不上是道路的路上前進。

在為了自己漸漸變得越來越野蠻感到悲哀的同時，我還是一路向前邁進。

……如果這裡也沒什麼問題的話，我就折返吧。

就在我懷著那種想法的時候，周遭的氣氛變了。

襲擊哥哥的集團出現了。

我暫且躲起來觀察狀況。

……那些傢伙究竟是什麼人？

以山賊來說，他們身上的裝備太過實用了。

與其說是盯上貴族，更令人擔心他們會不會是原本就盯上安德森侯爵家下手。

雖然國軍和護衛隊合作戰鬥……但遠遠看去他們的合作很笨拙。

不過那也是無可奈何的事……畢竟他們隸屬的集團不同。

光是因為那樣，就無法徹底發揮每個人的本領。

或許正是因為看平常的訓練知道他們的本領，才更會那樣覺得。

敵方人多勢眾，逐漸逼近哥哥。

看到那幅情景，我操縱手中的韁繩，驅使馬兒加快速度。

與此同時，我內心的怒火也在熊熊燃燒著。

竟然敢盯上哥哥……

「……梅露？」

交戰中的休雷先生，是最早注意到我存在的人。

「護衛隊！保護帕克斯大人！」

我在說話的同時殺了一名敵人。

「……！欠妳個人情。」

休雷先生隨即帶領護衛隊，死守著哥哥。

接著他們與從後方襲擊哥哥的敵人們開始交戰。

……趕上了。

呼，我安心地輕嘆一口氣。

接著我的雙眼盯著眼前的敵人。

對於我這個突然闖入的人，眼前的敵人們似乎覺得不知所措。

然而，他們馬上就泛起冷笑。

「這裡不是你這種小鬼該來的地方！快點退下！」

那樣大喊大叫靠近的一名敵人，我一刀砍下他的首級。

體內的血液似乎在沸騰，讓我全身發燙。

不過和那相對，我感覺腦子像淋過冰水那樣冷靜。

簡直就像腦袋、身體，構成我的所有一切都為了集中在戰鬥上而重新構築。

「……被小鬼殺掉的你，比小鬼還不如。」

我冷冷地俯視他並且輕聲道。

因為不是以剛才的突襲那種形式，而是正面制伏敵人，故而時間像是靜止了一樣鴉雀無聲。

「太輕了……沒有覺悟或信念的你們的劍，實在太過輕了。」

我在這種狀況下繼續說下去。

「啥，覺悟？信念？那種東西有什麼用？」

接著有好幾個人一起挑戰我。

不過和那種情況相反，我內心沉穩的感覺變得很敏銳。

「受過卡傑爾將軍鍛鍊的士兵啊，讓他們好好牢記！伴隨著信念的真正強大！真正的戰鬥是什麼！」

我朝著身後的國軍大喊。

我聽見從後頭傳來整齊的吼叫。

「隨我來！」

我一邊說一邊朝著敵人向前衝。

他們跟在我的後頭策馬狂奔。

我用眼角餘光確認，同時衝進敵人之中。

然後每當擦身而過時，我就將敵人一個一個地殺掉。

目標是在那群敵人後頭，像是首領的人物。

如果要問我為什麼知道他是首領……那也只能說是直覺了。

我不斷向後方邁進，盯上我的敵人則由我軍迎擊。

我就這樣不斷繼續前進。

「……你們這些傢伙，盯上安德森侯爵家，別以為能活著回去！」

在斬殺完附近所有敵人的時候，我開口大吼，像是在宣洩憤怒一般。

劈啪劈啪，我總覺得空氣在震動。

即使在敵人心生膽怯的時候，我依然策馬狂奔。

隨後，我殺掉了首領。

……那一瞬間，我看穿敵方因不安而紛紛逃竄。

「一人，必殺！」

在叫喊的同時，我殺了眼前的人。

每一個人，只要是擋在眼前的敵人都「必定要殺掉」……大家都依照那個指令，跟在我的身後殺敵。

一如預料，敵方一下子便淪為烏合之眾。

接下來的掃蕩戰，就沒有那麼嚴峻了吧。

連同骨肉斷裂的生動聲響，懷念的鐵鏽味掠過鼻腔。

包含我在內的國軍士兵們也接二連三斬殺敵人，似是在包圍他們那般，圓陣漸漸縮小。

然後只剩下一隻手就數得出來的人數。

「……咿！」

好幾個人顫抖著抬頭望向我。

我老早把他們從馬上拽了下來，只見他們紛紛腿軟一屁股坐在地上。

和往昔同樣的情景，讓我不合時宜地笑了出來。

「你們的覺悟真是太脆弱了。」

「妳口口聲聲覺悟、覺悟的……那究竟是什麼！」

敵人像在虛張聲勢似的，向我回嗆。

「殺人的覺悟，和被殺的覺悟。」

接著我冷冷地回覆。

那句話不僅讓敵人，連我方似乎也感到驚訝。

「……被殺的覺悟？」

「我並不是盼望死亡。」

國軍中有個人發問，我便面露苦笑解釋。

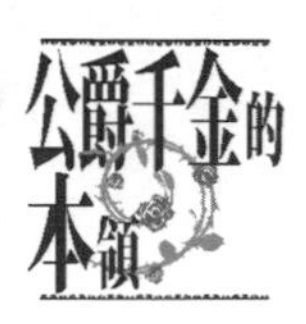

「一旦出戰，沒有什麼絕對。不管怎麼訓練體魄、怎麼磨練技巧……落敗死去之際就是會死。」

那是父親大人從小就一直說給我聽的話。

那成為我從小就隱約了解死亡的源頭。

「那是因為戰場上只存在強者。有的就只有該怎麼做才能打倒敵人……將那件事做到極致，有做到了的人和做不到的人。只是那樣罷了。」

為了跟一名敵人對視，我蹲了下去。

「你們沒有那樣的覺悟。所以你們一旦處於劣勢，就會那樣輕易潰敗。若是真的擁有那種覺悟的話……一開始就會害怕那種可能性，不會做出輕率的行動，應該會考慮更多才行動。」

「……梅露，妳為什麼能達到擁有那種覺悟的境地？」

克洛依茲先生詢問的聲音從上方落下。

那樣嚴肅的聲音，反倒跟現場的氣氛很搭，響亮得嚇人。

「從一開始。我從拿起劍的時候，就有了那種覺悟。」

雖然說也是因為有父親大人告訴我的關係在。

最重要的是當時我看不見復仇實現之後的未來。

話雖如此，只要能實現復仇這個目的，即使要同歸於盡也可以的這種想法，與其說是死亡的覺悟，應該更加近似於死亡的願望。

「……不過，嗯……現在只是因為我有超越那種恐懼想要貫徹的信念。所以我會繼續抱持那種覺悟。」

不希望有人再體驗到我那種感受……為此即使要我賭上性命也在所不辭。

然後與此同時，為了我重視的人們，我不管發生什麼事都必須活下來……因此，我害怕死亡。

害怕著死亡，因此對於死亡有所覺悟。

那樣相反的事物，就是我所說的死亡的覺悟。

「……原來如此。」

「我話太多了，誰來把這些傢伙綁起來！國軍來把那些人帶走！護衛隊們繼續保護帕克斯大人，將他平安帶到安德森侯爵家！」

儘管戰鬥後已經過了一會兒，但我的情緒一時間還轉不過來，一不小心用粗暴的語氣做出了指示。

但是國軍的大家都用俐落的動作，依照我的指示行動。

……是說儘管現在才說，不過戰鬥時真虧國軍的各位都聽從了我的指示。

對外我的立場跟侯爵家沒關係，只是個護衛兼替身，說到底就算我是侯爵家的千金小姐，明明大家也沒道理聽從並非隸屬國軍的我的指示。

「……算了。」

「……梅露，妳剛剛說了什麼嗎？」

「不，沒什麼。那麼，那些傢伙就拜託你們了！」

就這樣，我最終和哥哥一同相隔許久地踏進了領地裡。

第四章　夫人，考慮將來

卡傑爾率領少數護衛策馬疾馳。

就在帕克斯出發的同一天晚上，發現了梅露莉絲的留言以後，宅邸陷入了巨大的混亂之中。

雖然僕役們有為太晚發現留言致歉，但卡傑爾沒有責怪他們。

畢竟梅露莉絲平時由於訓練，回到宅邸裡都已經是日落以後了。

而且表面上梅露莉絲不是貴族千金，只是將她視為替身而已。

知道她是真正侯爵家千金小姐的，就只有她稱為婆婆的侍女長而已。

其他的僕役們不覺得她不在有什麼奇怪，也無可奈何吧。

雖然也有想過馬上將她帶回來……結果他放棄了。

怎麼說她都還在行動……要追上她很困難。

既然她和護衛隊還有國軍們一起行動，只要不出什麼岔子應該很安全吧……那是他思考過後做出的判斷。

雖然卡傑爾之後接到快馬報告，知道她直到開戰為止都跟他們分開行動時，為自己過於天真

的想法感到後悔。

「……將軍，久候多時。」

當他抵達在安德森侯爵領和隔壁領地之間的國軍勤務所時，克洛依茲已經在等他了。

「這次的事情，辛苦你了。」

卡傑爾在勤務所中漫步，首先慰勞了下克洛依茲。

勤務所本身並不廣闊，一下子就到了後頭的幹部專用房間。

「……所以，敵人呢？」

一進入空無一人的房間，卡傑爾就直奔正題。

「如同事前的情報，是傭兵。據說因為是報酬豐厚的工作就接下了。他們招供說工作內容是在安德森侯爵領的領境，無差別襲擊似乎身分高貴的人。」

聽見克洛依茲的報告，卡傑爾重重嘆了口氣。

「這樣啊……那僱主呢？」

「那就……」

克洛依茲的臉色，一瞬間沉了下來。

「說是不清楚。」

「……他們說不清楚？」

意想不到的答案使得卡傑爾皺起眉頭。

「是的。似乎不是直接僱用他們，而是透過中間人的契約。雖然有在調查那個中間人，可是尚未追蹤到那個人……已經訊問所有的倖存者，不過所有人的答案都一樣。」

「……你繼續負責搜索。」

「是！……方便的話，可以請您告訴我是從哪裡得到事前情報的嗎？只要去問那個人，我想能更容易找到線索。」

「……是阿爾梅利亞公爵家主人。」

「……啥？公爵大人嗎？」

出乎意料的人物，讓克洛依茲忍不住回答時忘記客套。

「嗯。老夫會去問公爵。要是知道些什麼，會跟你們共享情報的。」

「遵命……不過，公爵大人為何會……」

「因為他有順風耳……關於情報來源可不許洩漏。」

「是。」

話說到此卡傑爾似乎累了，在椅子上坐下。

因為他幾乎是不眠不休從王都來到這裡，也情有可原。

跟他一起過來的護衛隊隊員們，一抵達就去休憩室裡熟睡了。

「……梅露她怎麼樣？」

面對卡傑爾若無其事的提問，克洛依茲沒有回答。

卡傑爾覺得奇怪而看了過去，只見克洛依茲無法克制地正在發抖。

「……她是個非常厲害的人。」

在一瞬間的沉默後，克洛依茲嚴肅地說道。

「哦……？」

「她個人的本事自不在話下，能依狀況立即做出指示的判斷力。最重要的……是那股氣魄。」

還以為是由於恐懼而發抖，但並非如此。

他是在亢奮。

「明明沒有理由聽從她的指示……一回過神來，就已經聽令於她了。覺得那種事根本無所謂，自然而然地追隨著小自己二十多歲的她的背影。」

證據就是，他的言語變得越來越熱情。

「跟將軍不一樣，但是她毫無疑問也擁有將才。」

「跟老夫不一樣的將才嗎？順便問一下，是哪裡不一樣？」

「將軍的背影是燈塔。只要跟在將軍後頭走就沒問題……追逐那個背影本身就是種自豪、是路標。正因如此而毫不猶豫。相對的她的背影……就像是熊熊燃燒的業火。點燃我們體內的本能，並且強行消滅掉猶豫。這只是我個人的感受。」

……火熱。

梅露莉絲認清敵人的那一瞬間，包括克洛依茲在內的國軍弟兄所感受到的，就是那樣的東西。

和彷彿冷徹至極的語氣相反，令人震撼的言行。

看見、聽見那一切……不知不覺中內在被點燃的火焰，促使他們在那一天那個地方動了起來。

「……原來如此啊。」

「從前將軍委託貝盧歷斯教授帕克斯大人戰略之時，我曾在內心如此揶揄，是要創造最強的軍團嗎……這話不見得有錯呢。」

「竟然讓你說成那樣……不錯。克洛依茲，老夫明天早上要離開這裡前往領地。要是知道了什麼關於僱主的事，就立即遣快馬送消息過來。」

「遵命。」

克洛依茲回覆過後，行了個禮離開了房間。

關上門，等完全看不見他的身影後，卡傑爾再次嘆了口氣。

接著緩緩地閉上雙眼。

或許是放鬆下來了，椅子的背墊部分漸漸陷了下去。

至今幾乎不眠不休的路程，就算是卡傑爾也累了吧。

他就這樣在那裡睡著了。

† † †

「沒想到妳會追上來……真的是讓人沒轍的妹妹。但是謝謝妳救了我。」

我跟對我苦笑的哥哥一同踏進領地後過了幾天。

終於收到父親大人來了的消息。

並且與此同時，父親大人把我叫了過去。

……雖說已經做好覺悟了，但恐怖的事還是很恐怖。

我帶著些許懼怕，前往父親大人的書房。

「蠢貨！」

一如所料，他劈頭第一句話就大發雷霆。

「妳以為有多少人在擔心妳啊！任性也要有個限度！」

「對於擅自行動令您擔心，我無可辯解。非常抱歉，父親大人……」

我老實地低頭道歉，隨後父親大人抱緊了我。

「妳平安無事真是太好了……！還有，真虧妳保護了帕克斯……！」

父親大人說話的聲音在顫抖。

聽見的那一瞬間……熱流也湧上我的心，我的雙眼忍不住流出了眼淚。

「真的非常抱歉……！」

……儘管有過那樣的場面，但哥哥還是順利處理完事情，我們大家回到了王都。

「……梅莉，妳冷靜一點。」

在返回王都的馬車中，哥哥不禁向忐忑不安的我搭話。

「可是哥哥，我好久沒穿禮服，無論如何都沒辦法冷靜下來……而且我的手邊沒有劍，這實在是……」

以梅露莉絲的身分前往王都的我的裝扮，是個名副其實的貴族千金，身上穿著禮服隨著馬車搖晃。

不習慣的衣服和環境，讓我心神不寧。

看見我那副模樣，哥哥泛起一抹苦笑。

「父親大人也跟我們同行……妳不用那麼擔心也沒關係喔。妳只要好好欣賞外面的風景就行

了。反正去程時妳也沒有那種餘力吧？」

「……是。」

雖然表示肯定，但我無法立刻習慣這種狀況……結果因為這樣，我回家的時候感覺比去程還要累。

過了一晚吃完早餐後，我立即換上梅露的衣服。

換上平時穿的衣服，終於恢復到平常心。

接下來就跟以前在領地時一樣，我過起梅露與梅露莉絲雙重身分的生活。

訓練的時候是梅露，除此之外則以梅露莉絲的身分度日。

儘管父親大人對於繼續訓練的事面有難色，但卻意外乾脆地應允了。

感到放心的同時，我前往訓練場。

「……梅露。」

我聽見叫住我的聲音停下腳步，婆婆就站在那裡。

「我好擔心您啊……真的。您要是有什麼萬一，我該如何是好？根本無顏面對大小姐您，還有主人了。」

「……抱歉讓妳擔心了。但是我就像這樣很有精神喔。」

「……真是的，明明才稍微安頓下來。您今天才回來的吧？」

「是的。可是因為去了安德森侯爵家，我已經休息挺久了。為了不要讓身體遲鈍，如果可以的話我想從今天開始參加訓練。」

「是嗎……因為是您我想沒有必要擔心，可是還是請您小心。我去確認大小姐的身體狀況。」

婆婆是少數知道梅露就是梅露莉絲的僕役，是幫手。

如果沒有她在，這雙重生活就無法成立了吧。

現在她在空無一人的房間裡，裝成宛如跟梅露莉絲一起度過的樣子。

「謝謝。那麼請替我向大小姐問聲好。」

說完那句話，我就去參加訓練了。

好久沒有實際感受到身體動起來了。

在安德森侯爵領，作為我肆意妄為的懲罰，我被吩咐禁止參加訓練，另外在回程的路上，我只是一直隨著馬車搖晃。

多虧有流汗的緣故，我現在有種思路清晰的感覺。

「……梅露，好久不見了呢。」

「克洛依茲先生！先前的事多謝您了。」

然而克洛依茲先生對我的道謝一點反應都沒有。

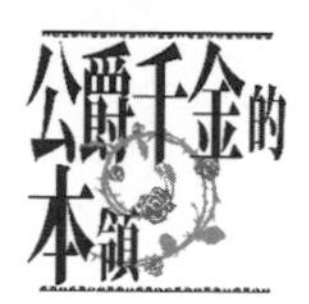

我對這件事感到不可思議歪了歪頭的時候，克洛依茲先生忽然笑出聲來。

「不，我在想果然是往常的妳呢。」

「那句話是什麼意思？」

「不，沒什麼。」

他咬牙忍笑說出那句話，然而還是太過莫名其妙，我也只能歪歪頭。

「啊，是小梅露！」

「好久不見了。那之後怎麼樣了？果然有得到將軍的褒獎嗎？」

我跟克洛依茲先生說完話以後，其他國軍弟兄們也靠了上來。

「好久不見了，各位。之前的事謝謝各位。那是我任性妄為的過錯，因此他非常生氣……吩咐我暫時閉門思過。結束以後我就自己騎馬回王都，今天到達。」

「啊～那妳是跟將軍一家人分頭行動啊。」

「是的。話雖如此。身為護衛不能跟大小姐離得太遠……因此匆匆忙忙地回來了。」

「是這樣嗎？話說，你見著大小姐了嗎？」

「喔，見了見了。雖然只有瞥到一眼。」

「對啊～因為遠遠看所以看不清楚，但是我覺得果然跟梅露很像呢。」

「沒錯～」

聽見那段對話，我心臟怦怦跳。

什麼像不像的，我就是本人……這種話就算撕爛我的嘴也說不出來。

「身為替身要是不像，就無法達成任務了呢。」

他們似乎能接受我的話點了點頭。

「說得也對。不過就因為外表相似，內在卻完全不同才有趣呢。」

「沒錯。一邊是身體虛弱的侯爵家千金。一邊是將軍的祕密武器，將成熟大人一一擊敗的強手！……這樣試著列舉出來，完全相反呢。」

儘管是自己的事，我也深表理解。

不過，身體虛弱之類的只是設定而已。

「哈、哈哈哈……」

我配合周遭人笑了笑。

一不小心就變成了乾笑也是沒辦法的事吧。

「……順帶問，梅露，妳訓練完以後有空嗎？可以陪我打模擬戰嗎？」

「嗯，我很樂意。」

果然還是這樣適合我。

沒辦法，我一直都是這樣度過。

並且也希望今後都能過這樣的生活……我是這麼想的。

之後我參加訓練，按照約定跟有意願的人打了好幾場模擬戰。

流汗果然讓人覺得很舒暢。

總覺得至今感受到的精神疲勞都消失了。

「……梅露，妳果然很厲害啊。」

「您怎麼突然說這個？」

聽見在我身旁跟我同樣都在擦汗的克洛依茲先生所說的話，我歪了歪頭。

「哎呀，先前保護帕克斯大人的時候我也這麼想過。妳拿劍的時候真是判若兩人。明明平時就像個普通的少女。」

「……是嗎？我自己沒注意過所以不知道。」

雖然我有注意到，一上戰場我的用字遣詞就變得粗暴。

但那是唯獨在生死交關的地方，平常訓練的時候，我想我並沒有那樣。

「哎呀，我想也是呢……話說，妳說的新目標是什麼？」

我搞不懂他問題的含意，再次歪了歪頭。

「喏，妳之前說過吧？失去了復仇的目標，但是又有了新的目標。妳要為此磨練劍術。」

聽見克洛依茲先生接下去說的話，我輕輕「喔……」了一聲。

「是大家喔。」

「……啥？」

「我要像大家那樣，變成能保護他人那樣的人。像大家那樣，跟在將軍的後頭走。然後如果在我身後也有某人跟上……如果能讓某人保護他人的這個圈子延伸出去，我想最終即使是國家這麼廣大的地方，像我這樣嚐到失去的悲傷的人也會消失。為此我想加入國軍。」

「……妳……」

聽見我說的話，克洛依茲先生似乎欲言又止。

「這樣啊……」

儘管在意他接下來想說什麼，但在我問出口以前，克洛依茲先生就露出五味雜陳的笑容，像是表示理解那樣喃喃說道，令我沒辦法再繼續追問下去。

†　†　†

那之後過了兩個月，父親大人叫我過去，於是我前往辦公室。

「……打擾了。」

室內除了父親大人以外，還有克洛依茲先生和貝盧歷斯先生也在。

或許是他們三人散發出的氛圍，壓抑至極的氣氛圍繞著整個房間。

「來了嗎……梅露，老夫有事要拜託才叫妳過來。」

「究竟有什麼要事呢？」

「妳可以協助國軍的任務嗎？」

意想不到的那句話，讓我頓時說不出話來。

「那究竟是……」

「從幾個星期前開始，就發生多起身分高貴或有錢人家的千金小姐遭到綁架的事件……在王都這裡。」

怎麼可能……我才要說出口就閉上了嘴。

從父親大人的聲調和現場的氛圍，就能顯然明白父親大人並沒有在說謊。

「那些傢伙很狡詐，即使進行調查也完全掌握不到線索。無奈抓到的那些人也只是一堆小嘍囉，雖然被要求盡快解決……」

「……換句話說，要讓我擔任梅露莉絲大人的替身，假扮梅露莉絲大人當誘餌對吧？」

「……就是這麼一回事。」

「我明白了。請告訴我具體的作戰計畫。」

「……這樣好嗎？雖然知道妳的實力……即使如此，這可是個危險的任務喔！」

「在危險的地方，有人抓住手無縛雞之力的女性們喔。她們父母想必也很擔心吧……更何況隨著時間經過，她們的處境將變得更加危險。最重要的是要盡快解決。如果我能為此盡一份心力，又有什麼好猶豫的呢？」

聽我說得那麼篤定，父親大人嘆了口氣。

「這樣啊……那麼貝盧歷斯，就麻煩你說明了。」

接下來我聽了貝盧歷斯先生的作戰計畫，依照指示行動穿上梅露莉絲的衣服。

然後如同計畫只帶了幾名護衛……是由國軍的弟兄們假扮的……我自己則坐上馬車。

傍晚這時候，貴族宅邸集中的區域人煙稀少。

如果能一次就上鉤那就好了……

我心不在焉地想著那種事，眺望著街景。

傍晚時分人煙稀少的風景，總會讓人感到一絲的孤寂和悲傷。

正在執行任務卻有些從容，我嘲笑著還有餘力思考那些事情的自己。

……似乎進行地不太順利，這一天結果以落空收場。

之後作戰計畫持續進行了一個星期。

我還不定期在貴族區域或刻意去王都人少的地方散步……敵人卻不曾上鉤。

難道綁架事件的犯人，已經停止活動了嗎？

那樣的疑惑掠過我的腦海。

當然除了我以外還有其他部隊在調查……但卻遲遲沒有進展。

但就算他們發現了敵人，也很難再深入。

那是因為，第一要務是救出被抓的那些女孩。

如果輕易深入敵營，最終被抓的那些女孩被當成人質對待，可就令人不忍卒睹了。

正因如此，最理想的狀況就是我被抓走，從內部保護她們……

我在思考那種事情的時候，周遭忽然變得鬧哄哄的。

難不成……我一邊想一邊望向馬車外頭，護衛們正在交戰。

看樣子今天似乎中獎了。

我的心跳大聲地怦怦直跳，腦袋卻有種瞬間冷靜下來的感覺。

喀的一聲，馬車的門開了。

「……那麼大小姐，可以請您跟我們走一趟嗎？」

和禮貌的用字遣詞相反，那男人露出了卑劣的笑容。

……當然，那並不是護衛的人們。

我表現出很害怕的樣子往後退。

……我有演得像那麼一回事嗎？

我腦內的一隅那樣想著，並且專注地看著那男人。

那個男人強行抓住沒有抵抗的我，把我直接帶出車外。

護衛的眾人正在跟其他敵人戰鬥。

男人帶著我，讓我搭上停在角落的其他馬車後就這麼把我帶走了。

是要去哪裡呢……我想看外面，偏偏眼睛被遮住了看不見。

不過從氣息之中，大致上知道了有多少人。

這也是拜日常的訓練所賜。

然而不同於先前那些扮演護衛的國軍，隱藏在其他暗處的軍人究竟是否有追上來……這是個謎。

我到底還是無法揣測到那種地步。

固然我是很信賴他們……但我做好了情況緊急時，即使就我一個人也要戰鬥的覺悟。

接著過了不久，馬車停下來了。

隨後有人強行抓著我的手走路。

打從下了馬車以後所走的路比我想像中還要多……換句話說，我身在相當寬敞的地方。

這究竟是什麼建築物？

話雖如此，建築形式都大同小異，所以我集中精神，為了能用身體記住建築物內部的情報。

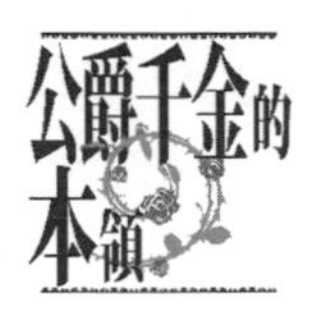

儘管被遮住眼睛看不見，但我記住了要往前直走多少步、爬多少層樓梯、轉幾次彎。

似乎終於抵達了，我連同開門聲被推進室內，並且拿下了眼罩。

裡頭是個普通的房間。

哎，房間還挺整齊的……我還以為一般來說綁架犯的據點會更骯髒更複雜，因此覺得不太對勁。

沒錯，簡直像是貴族宅邸裡的房間。

不過這裡當然沒有半件昂貴的家具或是刻有家徽的東西。

得到的可能性，讓我感覺自己似乎在顫抖。

我環顧室內，發現在一個角落裡有互相依偎的女孩子們。

我馬上就數了有多少個人。

五個人……跟我事前從貝盧歷斯先生那邊聽來遭到綁架的人數吻合。

「……大家都沒受傷吧？」

我向她們搭話，粗略看了下她們的身體。

雖然視線有所冒犯，但在場並沒有人開口責備。

「沒、沒事。妳也是被帶到這裡來的嗎……？」

在誰都不敢開口，戰戰兢兢只會點頭的人們之中，有個女孩堅強地說了話。

「是的。我要去買東西的時候忽然就……大家也是嗎？」

聽見我的問題，大家都戰戰兢兢地點了點頭。

應該非常害怕吧……大家臉頰上還有淚痕，臉色都很差。

即使是此時此刻，還有女孩在哭泣。

恐怖會散播出去……更重要的是身體縮成一團發抖的那副模樣很可憐，我抱緊了她。

「……沒事的。」

我溫柔地拍了拍她的背部。

「肯定很快會有人來救我們。而且我一定會保護妳們。」

我像是在耳語一般說道，就這樣一直抱著她好一會兒。

她的顫抖不久後漸漸平息下來，整個人一下子似乎沒了力氣。

「……妳究竟是誰……？我的名字叫夏莉亞。是提魯羅斯伯爵家的女兒喔。」

「我是……安德森侯爵家的梅露莉絲。」

「咦，是那位卡傑爾大人的千金？」

「是那位大人的護衛兼替身，我叫梅露。為了解決這次的事件潛入這裡。如今我的任務，就是保護各位。」

聽見我的話，空氣中瀰漫著暫且安心的氛圍。

雖然我跟她們年紀相仿，但那跟我明確地說出要保護她們有關吧。

人類一旦陷入困境，就算是一根稻草也會緊抓不放。

……話雖如此，我當然不打算依賴稻草。

「因此非常道歉，請在場的各位聽從我的指示。首先，即使敵人來了也請不要喧譁，原地蹲下。各位聚集在一個地方，我也比較容易防守。然後地點要稍微靠近角落……請待在這裡。」

我起身提示大家地點。

是離門最遠後頭的角落。

大家慢慢站起來如同指示那般，提心吊膽地坐在提示的地點上。

「接下來要是覺得害怕，就請閉上雙眼。也許很困難，但還是拜託各位請不要發出尖叫。」

我將邊桌等等比較輕的東西接連聚集在一起堆出要塞。

「我也來幫忙。」

一副像是沒有拿過比湯匙更重物體、自稱夏莉亞的貴族，和我兩人一起移動家具。

多虧如此，才能移動沉重的家具。

雖說是要塞，可是看起來隨時都會塌，但總強過沒有。

堆完要塞以後我讓夏莉亞也進去裡面，我則是弄破了裙子。

到了緊要關頭，這長長的裙子會難以行動。

然後我拿起藏在裙子裡的劍。

比我往常拿的還要輕盈短小。

行動至此，突然之間，我聽到了吵鬧的聲響。

……看樣子其他人馬似乎從後頭追上了我。

聽著外頭的嘈雜聲一陣子後，看樣子我這邊也有了來客。

連同胡亂開門的聲音，帶走我的男人出現了。

男人慌慌張張地進入室內，但是看到我拿著劍便停下了腳步。

「大小姐，那究竟是怎麼一回事？」

「沒怎麼回事，我打算用劍。」

「大小姐拿劍？勸妳最好打消這個念頭喔。半吊子的本領只會受傷而已。」

「是不是半吊子，要用你的身體來確認看看嗎？」

我在開口的同時，衝向那男人。

那個男人反射性地揮劍。

……太慢了。

我身體微微後仰躲開了那一擊，直接從下方向上砍。

男人還來不及哼聲便倒了下去。

……死了嗎？

在確認以前，我用劍刺向倒下男人的要害。

為了避免失敗，並讓他無法動彈。

在場的除了我一個人……還有身後無法戰鬥的女孩們。

我想起碼減少一點風險。

我持劍揮舞之際，鮮紅的血液從自刀鋒滴落。

我隨即在門的附近待命。

然後過了一會兒，接著來的是兩個男人。

噠噠噠的腳步聲響起，漸漸靠近了。

在完全進入房間以前，我率先貼近其中一人。

在另一個男人為同伴遭砍訝異的期間，我順著先前行動的勁頭直接砍了下去。

咚！男人們接連倒下。

我跟一開始一樣給倒下的男人們最後一擊，跟著稍微移動他們。

有複數人同時進來時，光我一個人迎擊的確困難。

不對，準確來說是由我一個人保護大家很困難。

正因這個房間還挺大的。

一旦分別行動，無論如何反應都會不夠快。

但是只要有門，敵人一進入房間就會靜止。

只能利用這個手段了。

傳入耳中的嘈雜聲，漸漸變得越來越大。

看樣子其他人馬正在接近。

當我思考著那種事的時候，再次感到有人接近房間。

這次也是兩個人。我用跟剛才一樣的要領，劈開了第一個人。

跟著當要直接朝第二個人揮劍之際……我卻腳上用力，瞬間雙腳站定往後跳。

敵人的劍尖稍微掃到了我，衣服破了。

拿著劍的敵人一瞬間愣住……但他卻笑了。

「我還以為砍到了……小姐妳的直覺似乎很不錯呢。」

「嗯，沒錯。」

我流著冷汗直盯著男人。

……他很強。而且跟剛才那三個男人有天壤之別。

即使我像這樣觀察他，也無法立刻找出可乘之機。

那個男人先發制人。

我咂嘴心想他的劍招迅速又準確，然後一一拆招。

鏗鏗鏗，刀劍相交的聲音響起。

重心有點偏移了。那一瞬間，預測到我下一步動作的男人揮舞刀劍。

我躲開了劍，跟他拉開一些距離。

……這是為什麼呢？

明明敵人很強意味著處於劣勢，我卻還覺得歡喜。

在命懸一線的這一瞬間，我甚至覺得開心。

「喂喂喂，這是什麼氣魄啊……」

那個男人似是感到傻眼的話語，沒有傳進我的耳中。

……不能錯過細微的破綻。

……從敵人的動作中預測未來吧。

在我心中的我，那樣呢喃著。

下一秒，我逼近那男人。

男人對我的動作有所反應，向下揮劍。

我躲開那招，為了發動更淩厲的攻勢揮劍。

儘管躲開了劍，男人的重心卻有些不穩。

我沒有錯過那一瞬間。

向前踏一步揮下了劍。

連同砍進肉中的手感，鮮血四濺。

然後，男人倒下了。

「……要是再多兩個人跟你同時過來，可就危險了呢。」

倘若是那樣，我就很難保護她們到底了吧。

我給倒下的男人最後一擊之後，調整好呼吸。

劍掠過的側腹有輕微出血。

雖說如此但不能休息，我為了感知氣息集中精神。

感覺到有噠噠噠的腳步聲再次接近房間。

然後他們從門進來了……那是我所熟悉的國軍弟兄們。

「久等了，小梅露！妳沒事吧？」

「嗯，還好……你們已經鎮壓了這個地方嗎？」

「嗯。多虧有梅露妳，我們戰鬥時才能沒有後顧之憂。謝謝！」

「那真是太好了……我現在要拆掉那個，大家可以幫我嗎？」

我說著指向簡易要塞，一瞬間他和身邊的眾人似乎很驚訝地注視著，不過不久後大家便面露苦笑，幫我一起收拾。

同時將我親手殺死倒在地上的那些人，移到她們看不見的角落去。

「各位，國軍弟兄們來救我們了喔。大家沒事吧？」

我站到國軍眾人的面前說道。

考慮到遭到綁架這件事，由同性又是先前跟她們說過話的我出頭，我想會比較好。

聽見我的問題……不對，是看到我身影的夏莉亞，露出泫然欲泣的神情。

「我們沒事喔。因為有妳保護我們。比起這個，妳的傷……」

「這點小傷沒事的。」

什麼嘛，就為了這點事……我一邊想一邊由於她們為我擔心的事實綻開笑容。

「真的很感謝妳。因為妳保護了我們……我、我們才能平安無事。實在是感激不盡。」

她說著說著向我走近。

「不行，會弄髒妳。」

我想起自己滿身是血，制止了她的動作。

然而她卻搖搖頭抱住了我。

「……這是為了我們沾上的髒汙，我怎麼會厭惡呢？真的很感謝妳。」

她的所作所為，不知為何讓我的雙眼溢滿了淚水。

「……各位，差不多該……」

似乎是難以啟齒，有一名國軍弟兄對著大家說。

夏莉亞靜靜地離開了我。

……之後我目送她們在國軍弟兄們的保護之下順利地回去。

†††

「……好久不見了呢。」

當我從塔眺望外面的風景之際，路易出現了。

好久沒見到他的身影，我的內心很興奮。

我中意的這個地方，儘管說不上每天，但在王都的時候我經常造訪這裡。

即使如此，也已經好幾個月沒和路易見面了。

好久不見的路易，總覺得他長高了許多。

「路易！」

「發生了什麼好事嗎？」

對於突如其來的問題，我歪了歪頭。

「妳的臉上寫著有好事發生呢。」

「……那麼容易看得出來嗎？」

路易聽見我的問題面露微笑。

我看見他的反應於是死心開口說道：

「先前我救了個女孩子。詳情省略……不過她的那份謝意，讓我有種『累積到現在的東西並沒有白費』、『是有意義的』。總覺得有種得到肯定的感覺……讓我非常高興。」

在看不見未來的黑暗中行走的單行道。

我認為人的一生就是那樣的東西。

會發生什麼事、有什麼在等待自己……未來的事，就算是一分一秒的未來也無法得知。

並且對於發生過的事件，無法回溯也無法重來。

正因如此人才會追悔「要是那樣做就好了」、「這樣做就好了」吧。

每個人都是在看不見的未來中行走。

手中握著諸如目標或是夢想那樣小小的燈火。

然而就因為這樣，時常會感到不安。

我所走的路，這樣真的可以嗎？

我所做過的事，真的有意義嗎……

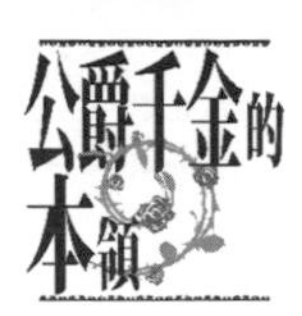

這不是帶著半吊子的覺悟能走的路。

即使在滿是鮮血的道路上前進，我也覺得很好。

縱然給我重新來過的機會，我所選的路肯定也不會變。

……就算是這樣……

有人肯定自己所走的路，竟是如此愉快的事。

最重要的是不會感受到失去的恐怖……真的是太好了。

我打從心底這麼想。

因為這種安心感，當時我才會流下眼淚吧……事到如今我這麼想。

「這樣啊。那真是太好了。」

我對路易說的話露出了微笑。

「嗯。」

一瞬間，我靜靜地眺望著外面的風景。

他也在我身旁，同樣眺望著風景。

我不經意凝望著他的臉龐。

那是似乎真的放下心來那樣柔和的神情。

他以藏青色眼眸凝望的這個世界，看起來是什麼模樣呢？我腦中浮現出彷彿成了詩人般的詞語。

我注視著他好一陣子以後，忽然很在意他的狀態開口說道：

「路易，你累了嗎？」

「怎麼突然這麼說？」

「就是覺得你的臉色有點差。」

顧慮他的話語令他頓時語塞，坐下不動。

「啊……嗯，或許吧。可能是因為最近我沒什麼睡。」

「咦！那你是不是別來這裡，睡個覺比較好啊？話說你快回去睡覺吧！對身體不好喔。」

我慌張地說完以後，他笑嘻嘻地說：

「怎麼說呢……我總是被時間追著跑，妳不用介意。」

「……時間？什麼意思？」

「哎呀，單純因為工作就是那麼多也是原因之一。不過有一大半也是我在鑽牛角尖。我一直在追逐家父的背影……為了總有一天要繼承家業那時，不對，就因為我想要繼承……可是我越是追逐，就越是感到和家父之間的差距。」

他心不在焉地眺望遠方，同時彷彿在喃喃自語般說道。

「我所有的一切都不夠。不管是知識、經驗或是構思能力……最重要的是才能吧。正因如

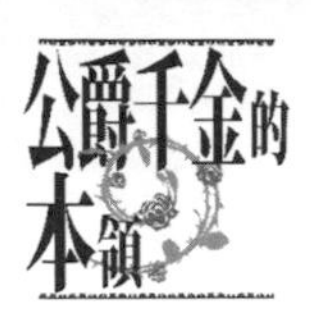

此，為了弭平不足之處我只能思考並且學習了。」

我的腦中浮現出過去想在跟父親大人的模擬戰中獲勝當時的事。

我也是一樣的。

不足的「某種東西」。為了予以弭平，必須找出那是「什麼」。

「要是才能不夠，為了對抗我只能學習並且充分掌握對吧？……時間是有限的。為了繼承家父那時，我必須要盡力而為……那樣一想，便有種時間不足，不知不覺催促著我的感覺。」

「……也許你會覺得我自以為懂……但是我了解你的心情。我在學劍的過程中，也好幾次想過要弭平不足的『某種東西』。就因為我是以女子之身學劍呢。」

路易聽見我這麼說，露出淺淺的微笑。

「但我不明白的是……你為什麼要那樣逼迫自己？時間確實有限，不過到你或我成人為止明明還有很多時間……這些話不該是無法繼承的我，能用一副了然於心的姿態說出的話吧。」

「不，妳說的肯定沒錯吧。我會覺得心急，只是因為我自己也那樣想。不過，是啊……這是為了讓我活得像我自己所必要的。要是遇上一次挫折，說不定會就那樣得過且過半途而廢。這樣一來，我永遠都會籠罩在家父巨大的陰影之下。那樣一來……我的夢想——想要成為這個國家的支柱的願望，就算我站在能完成那些的立場上，也會想著『明明如果是父親的話，說不定能做得更好』而無法踏出步伐。我害怕那樣。唯獨不想變成那樣。我不想說出『要是當時那樣做』……

『要是更認真做』那種話，我不希望自己後悔。」

我忘不了他說自己想做的事那時。

還有他在這座塔上說出那些話那時。

因為那些都我都牢記在心中了。

……究竟他一路上做了多少抗爭呢？

阻擋在他想做之事面前的高牆。

那對他來說就是父親過於巨大的陰影吧。

……就算他父親的意圖並非如此。

「……那是你最初的戰鬥呢。」

「是啊。」

「……就算是這樣，不對，那麼你更應該早睡。要是搞壞身體就得不償失了吧？」

「話是這樣說沒錯……」

他說著停頓了一下……隨後再次望向遠方。

「每個人都有著歸宿的風景。」

聽見他抽象的話，我歪了歪頭。

「這是家母說的話……比方說全家人一起吃飯的時間、跟朋友遊玩度過的時光，還有玩完

回家的時候看見的夕陽。這種日常而平凡的時光，長大成人後，會覺得那比什麼都要來得美好可愛。」

路易溫柔的聲音，融入夕陽西下的城鎮的空氣中逐漸消失。

……總覺得那既悲傷又美麗，我聽著他所說的話，心不在焉地思考著那種事。

「那些東西累積得越多，變成大人時就能夠堅強。無論長大成人後看見多少骯髒的世界……不對，正因如此，懷念的回憶才會綻放光芒，即使如此世界還是很美……她說要能懷著那樣的想法……總而言之簡單來說，我個人解釋為她想說──小孩子的時候就要像個小孩子那樣，玩樂是很重要的事。」

「……令堂說了很棒的話呢。」

「是啊。」

「……可是我還是要重申，你因此倒下那就得不償失了。」

「我知道了啦。」

他開口如是說，臉上泛起苦笑。

「我不知怎的，覺得睡覺實在是太浪費了……雖然我不打算歸咎於家母那些話……但不知為何，偏偏忙到不可開交的時候，就會想起那些話。然後就非常想來這裡。這裡對現在的我來說就是歸宿的風景吧。」

「呵呵呵……總覺得能懂你那句話。」

「……而且來這裡的話，還能見到妳。」

因著他猝不及防的那句話，就連我自己也知道現在臉紅得像要沸騰似的。

真是卑鄙……

我一邊那樣想一邊覺得很難為情，但願他會以為那是夕陽的緣故。

「那可真是……光榮呢。」

我在說話的同時別開了視線，眺望外頭的風景。

「我還想再去城鎮呢。想跟你累積更多只有現在才能做的事。」

熱度稍微冷卻一些時，我如此對他說。

「就是說啊。」

他也笑著對我那樣說。

†††

從那之後過了幾天，我自己一個人上街到夫人的店裡去。

上次來的時候也是一樣，因為我跟姊姊們關係要好，因此多次在開店前的準備時間前來造

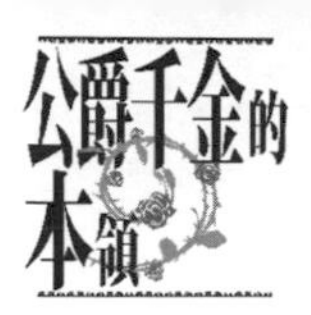

訪。

要是被大家給知道了，他們會吵吵鬧鬧的吧……

我的那個預測應該不會錯。

也是因為打從綁架事件之後，監視不讓我擅自去城鎮的視線變得寬鬆，我就默默地跑出來了。

「您好，夫人。」

一進入店裡，有好幾個姊姊為了開店前的準備正在梳妝打扮。

然後夫人正盯著某種像是帳簿的紙在看。

「哎呀，是小梅露！歡迎光臨。妳好久沒來了呢。」

夫人猛然抬起頭，對我露出了十分燦爛的笑容。

見那美麗的笑容，我也不禁咧嘴一笑。

「今天有何貴幹啊？又要來告訴我們酸酸甜甜的故事了嗎？」

「不是的。今天是有東西要給您……」

我面帶苦笑交給她的，是安德森侯爵領的特產蜂蜜酒。

是我追著哥哥去了安德森侯爵領的時候買的東西。

其他像是瓷器，或是因為能採到鐵礦，所以武器也很著名……我沒有能給每個人各買一個瓷器的預算，武器也一樣。

說到底，就算把武器給她們又有何用。

因此我買了蜂蜜酒。

我姑且選了在女性之中挺受歡迎的東西。

「哎呀……這是安德森侯爵領的蜂蜜酒吧？謝謝妳特地拿來。」

夫人帶著相當溫柔的笑容對我說道。

「大家一起好好享用吧。」

「請！」

聽見夫人的話我覺得很開心，不禁自然地笑逐顏開。

夫人摸了摸我的頭。

「妳是什麼時候跑去安德森侯爵領的？」

夫人慢悠悠地向我提問。

「最近。公子回安德森侯爵領的時候。」

「喔……是去了那邊的家啊。那麼一路上應該很安心吧。」

「不……我是一個人去的喔。」

「啊？」

「嗯？」

看見夫人難得露出愣愣的表情反問我，我不禁歪了歪頭。

「等、等一下。難不成到安德森侯爵家的路途，妳是一個人去的嗎？」

「嗯，雖然最後一天有會合。」

「只有最後一天……那的確是等同於一個人去的呢。這不是很危險嗎？路上會出現野獸，也會出現盜賊喔。」

「不要緊，夫人。我起碼還能自保喔。」

夫人聽見我說的話，深深嘆了口氣。

「哎呀，我知道得到那個人的認可代表相當強。但是，因為小梅露是個女生……」

她一邊說一邊抱緊了我。

「……妳平安無事真是太好了。」

她的動作和話語，讓我又揚起了嘴角。

「因為要讓妳們大家一起好好喝掉那瓶蜂蜜酒啊。」

「呵呵呵，我很高興喔。」

「討厭啦，夫人。也讓我們說聲謝謝啊。」

夫人像那樣說完以後，似乎結束了梳妝打扮的姊姊們，輪流抱住了我道謝。

之後我跟夫人、姊姊們度過了開心的聊天時光，不久後就到開店的時間。

「那麼夫人，我就先告辭了。」

「小梅露，要再來喔。」

就在夫人送我離開，正要出店門的時候——

「啊？這不是梅露嗎？」

「真的！是小梅露，還真巧呢！」

聽見熟悉的聲音我便慢慢轉頭過去，果然克洛依茲先生和其他的國軍弟兄都在。

「……大家，還真是巧呢。你們要去哪裡……？」

「妳問要去哪裡，那當然是夫人的店了。話說，妳從這裡出來就代表……」

別再繼續說了……我動著身體，企圖用姿勢拚命傳達出那件事。

然而說到那種地步，不管是誰都會察覺。

「小梅露，妳太狡猾了！居然偷跑！」

不出所料，大家開始吵吵鬧鬧了。

不過說什麼偷跑啊……我嘆了口氣。

「因為小梅露跟我們感情好。這是特別招待。」

夫人說著流露出一抹魅惑的笑意，從後方緊緊抱住了我。

有好幾個人因此而亢奮起來了。

……夫人，為什麼要煽動他們啊。

我也只能順其自然露出一記乾笑。

「好啦，冷靜點。只要讓夫人們看見有超越梅露實力的男人就行了吧？」

克洛依茲先生像是在勸解的話語，讓大家頓時語塞。

「唔……！」

「克洛依茲先生～那有點……」

「要贏小梅露什麼的……去狩獵大型肉食動物還比較好啦～」

效果卓越，大家一下子就無精打采垂頭喪氣。

那副模樣讓人覺得很可愛。

話雖如此，大型肉食動物還比較好……我很想問問他們究竟是怎樣評價我的。

「……怎麼啦，一群大男人還真是丟臉呢。」

在我想著那種事的時候，夫人根本不把他們的那種哀愁當一回事。

看樣子，我覺得可愛的那副模樣，似乎對夫人不管用。

不過原本以為大家會因為那句話感到沮喪，卻反倒看見大家充滿鬥志的眼神。

「……沒錯，我們都是男人……！有不能逃避的戰鬥！」

「沒、沒錯，我不會輸！我、我會獲勝證明自己是個強大的男人！露露麗亞小姐！要是贏了小梅露，請一定要跟我交往！」

「可不能永遠輸給梅露！我們都是男人！」

雖然我覺得……不是我們「都是」，而是我們「是」。

因為我是女生。

沒有人對我小聲的自言自語做出反應。

就算了吧……我呼了口氣。

而且他們還用散發著鬥志的雙眼望著我，但是那樣一來，感覺就連我都中招變得好戰了。

「……既然都說到那份上了，在下次訓練中就來弄個清楚明白吧！」

「「「求之不得！」」」

看見他們的反應，我忍不住咧嘴一笑。

下次的訓練真令人期待。

和以往不同的氣勢，反倒讓我感到雀躍。

「好啦好啦，別鬧了，進去裡面吧。」

然而像是要打斷好戰的氣氛，克洛依茲先生一邊說話一邊拍手。

「梅露，妳也要來嗎？」

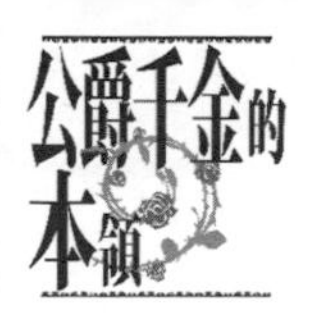

「……可以嗎？」

「什麼可不可以的，難得在這裡碰面。就一起玩吧。」

「……是！」

我接受克洛依茲先生的邀請，從後頭追了上去。

「……話雖如此，你其實只是想利用梅露，煽動他們的幹勁而已吧。」

「哎呀……實際上，他們更加熱心於訓練了對吧？」

沒聽見他們那樣的對話，我只是十分雀躍地回到了店裡。

†††

做完基礎訓練後，我喘了口氣。

看了看四周，是跟我一樣在擦拭訓練中汗水的國軍弟兄。

然而大家的臉上卻不見往常的笑容。

相隔許久與騎士團的聯合訓練，一觸即發的氣息相當濃厚。

「卡傑爾將軍，今天就請多多指教了。」

「嗯。老夫才要請你多多指教。」

騎士團的團員們抵達後，由其中一名當代表向父親大人問候。

對比嘹亮的問候聲，騎士和國軍士兵之間飄蕩的氣氛，依舊散發出緊張感。

尤其能從站在代表後方的騎士們身上，感受到銳利的視線。

唔……先不說已經習以為常的國軍弟兄，有個女孩子站在這個地方，對他們來說是無法理解且令人不快的事吧。

一結束問候，隨即展開了訓練。

首先從揮劍練習開始。

大家都一言不發地做著揮劍練習。

此時父親大人穿梭行走在眾人當中，不時提醒我們。

之後一如往常進行模擬戰。

由國軍士兵與騎士對戰，順便作為雙方之間的交流。

我被編入國軍軍人們那邊，等待上場。

「下一場！梅露與多納提！」

我靜靜地等待，叫到了我的名字。

那個名字我有印象。

在鬥技場上見到他的時候一如我所料……過去擊敗了我的對手站在那裡。

……有意思。

測試自己的實力增長到什麼程度的時刻終於到了，我心底如此想著，感到熱血沸騰。

「請等一下，將軍！」

然而像是給我潑冷水似的，多納提開口大喊。

「……怎麼了，多納提？」

「為什麼我得跟那樣的孩子打！這樣我無法得到訓練。」

「你是說梅露當對手，你有所不滿是嗎？」

面對父親大人用低八度聲音的質問，多納提瞬間就被氣勢壓倒閉上了嘴。

然而他隨即恢復氣勢。

「嗯。是個平民而且還是女人……不管將軍您多麼青眼有加，跟實力不足的人戰鬥，我也不會有所收獲。」

「……他這麼說了。梅露，妳要怎麼辦？」

不過我聽見他的話，內心不可思議地平靜。

這也難怪。

我在上次的模擬比賽中慘敗。

對他來說，會覺得有所不足吧。

無論我怎樣費盡唇舌，那都是無可改變的事實。

就算我說些什麼，也無法顛覆他的言論。

「……不須多言。」

也就是說，用實力讓對方閉嘴是最好的。

聽見我的話，父親大人笑了笑。

「她這麼說了。這樣吧，多納提，你要是贏了跟梅露的戰鬥，下一場由老夫跟你打。」

「……希望您能說話算話。」

儘管一臉不服，他還是不情願地答應了。

接著他的視線投向與他對峙的我身上。

對於這滿是輕視的眼神，不知為何令我笑意油然而生。

圍繞在周遭的騎士們，也對我投以相似的眼神。

身處讓人想哭著逃跑那樣充滿敵人的空間中，可是那反倒讓我開心得不得了。

在夫人的店裡，國軍弟兄以飽含鬥志的雙眼望向我那時我也曾想過……看樣子，我似乎很渴望。

如履薄冰的那種緊張感。

以及要怎樣讓敵人屈服的那種類似於支配慾的鬥志。

我笑著拿起了劍。

不過當我劍握在手中的那一瞬間，那種渴望便消失不見了。

……應該說是所有事情都變成小事，從我的腦中消失。

我的腦中消除了七情六慾，一個勁兒地認準眼前的敵人，只集中精神在對手身上。

變得清晰的視野和腦中，一心只有戰鬥。

裁判宣告開始。

那瞬間我跨出一步……但是接下來就不再移動了。

身體就像是被風吹動樹葉一樣搖曳。

為了隨時能應對對手的動作。

隨著那段令人感到難受的寂靜時間越來越長，我便感到自己的精神完全放在戰鬥上，並且意識和情感那些代表我本身存在的事物，深深地、深深地向下沉。

先動起來的人，是多納提。

我擋開他的劍。

混在前後左右不時出現的假動作之中。

我冷靜地應對，窺探機會。

是看不起我嗎？又或者原本就是那樣……他的動作相當草率。

雖然迅速又強力……不，說不定正因為如此，所以他至今都是憑著一股蠻力堅持到底。

我腦中的一角分析著他的動作，同時一旦找到空檔就發出攻勢。

當每一劍相交之際，他便會重心不穩。

跟著在最後我揮開了他的劍，把劍放在他脖子上。

「……贏家，梅露！」

包含騎士團員在內，大家都愣住之時，裁判高聲呼喊我的名字。

也許是聽到這個聲音回過了神，多納提猛然起身道：

「這一定是哪裡搞錯了！沒錯……只是我手下留情了……再打一次的話，我一定會贏。」

騎士們看他越說越激動的樣子，散發出一股像是同時安心地呼了口氣那樣的氛圍。

相反的，國軍的成員們則是帶著冷笑看著他們的模樣。

「……原來如此。那麼就再打一次吧。」

父親大人在說那句話時的聲音，充滿冰冷的威嚇感。

他的弦外之音是「別以為還有下次」。在此訓練的每個人都察覺到父親大人的真心話。

因為那是父親大人的教誨。

別以為還有下次。

那是因為在戰鬥中，就只有死亡或勝利兩種可能。

在訓練中進行讓人期待有下一次那樣的戰鬥乃愚蠢至極。

千萬別抱著自己不會輸那樣的妄想。

要時時恐懼死亡。

並且時時做好面對死亡的覺悟。

因為父親大人經常那樣說。

多納提卻沒有發現父親大人的真心話，撿起劍得意洋洋地擺好姿勢。

為了無論何時都能隨裁判的聲音做出反應，我繃緊神經。

……然後——

「開始！」

在裁判的聲音響起的同時，這次是我先採取行動。

我為了攻其不備、乘虛而入，我讓全身以潛意識的動作行動。

「……咦？」

我感覺聽見了多納提從遠方傳來呆呆的低喃聲。

但是我並不在意。

更準確的形容，是不讓那聲音進入我的意識之中。

簡直像是蓋上一層厚牆，我把意識跟外界隔離開來。

只一心認準敵人，注視對手的動作。

在對手發愣的期間，我用劍由下往上挑，打飛了敵人的劍。

然後直接把劍從上往下揮，將劍放在敵人的脖子上。

宛如事先就決定好、註定好似的……那樣的戰鬥。

僅僅數秒的那場戰鬥，不論是誰都愣住了。

「……贏家，梅露。」

此時響起裁判嚴肅的聲音。

每個人聽到那聲音似乎都回過了神。

剎那之間，聲音回到了世界上。

來自國軍弟兄的歡呼聲。

以及騎士們不知所措的聲音。

我有種兩邊各自變成難分軒輊的巨大波浪向我湧來的感覺。

身為當事人的我，並沒有特別的感想。

明明勝過了過去揚言再也不想輸，下次一定要贏的對手……

關於剛才的比賽，結果我反倒是腦中平靜地浮現出「應該這樣動」、「那樣動應該也不錯吧」等等，列舉出自己動作中可反省的地方。

「……！再來一次……」

當我出神地思考那種事情的時候，不知不覺間，似乎跟周遭人一同回過神來的多納提站了起來大喊。

接著騎士團那邊冒出似乎在附和他的氣氛，國軍這邊則散發出像在反駁的氛圍。

也就是所謂的一觸即發。

不過父親大人開口說話，像是要蓋過多納提的話。

「不要輕易說出什麼再來一次。在戰地上受傷臨死之際，你會說出同樣的話嗎？」

面對這句冷漠的提問，他霎時間無話可說。

「那是……」

「別以為自己是強者自命不凡……在戰地中沒有什麼強者。獲勝的人，那就是強者。」

父親大人的言語，不知不覺間讓嘈雜聲歸於一片寂靜。

「訓練並非只是訓練。習慣粗心大意，由於那種粗心讓同伴也身陷危機的話，可就看不下去了。說到底人的身體很脆弱。明明在訓練中出意外也是無可避免之事……輕率說出還有下次那樣的心態，不管做什麼都學不到東西，是引發意外的源頭。」

聽見父親大人接下去說的話，多納提垂下了頭。

「……老夫多次重申，不要輕率說出再來一次之類的話。現在的你不管打多少次都贏不了那傢伙吧。去讓腦子冷靜下來。」

聽見父親大人嚴厲而直白說出的那些話，他再也說不出一句話來。

國軍那邊喊出類似於歡呼聲且帶有喜悅的話語。

然後騎士那邊也說出類似對抗的話語。

在依舊飄散的這一觸即發的氛圍中，不曉得是感到焦躁還是真的動怒了……準確來說應該是後者吧……父親大人身上散發出一股像是殺氣的威嚇感。

「不光是多納提！所有人都太鬆懈了！」

他大喝一聲……每個人都再次閉上了嘴巴。

「你們究竟是為了什麼在做訓練的？……不要小看，不要覺得心滿意足！要變得貪婪！要保持謙虛！忘記這些的時候，你們跟一般的流氓就沒什麼兩樣了！這跟出身還有家世一點關係也沒有。你們學的是殺人的方法……正因如此，會要求你們必須比任何人都要嚴以律己。並且除此之外，還要持續不斷磨練自己的武藝。給老夫搞清楚，一旦不受人尊敬、讓人覺得靠不住，前往戰地就會成為孤立無援的戰鬥！在場的所有人做這份工作就等同於常常和死亡為鄰，別忘記了！即使如此還想在這條路上前進的話……就不要逞口舌之快！自己用行動表示！……老夫話說完了，繼續！」

聽見父親大人有如雷鳴那樣響亮的話語，好一會兒沒有半個人敢動。

只是一個勁兒地愣愣注視著父親大人。

不久後，裁判心驚膽顫地宣布了下一場比賽。

接著，訓練再次開始。

然而氣氛比起之前要來得緊張許多。

每一個人都露出鬥志旺盛的認真表情。

不分騎士或是國軍。

然後訓練繼續進行下去。

訓練結束後，我收好用於模擬戰的劍，就算只有臉部也好，想用浸水的布擦汗而前往飲水處。

途中運氣不好，撞上兩三個人一小團的騎士。

多納提的身影也在其中。

……儘管人數不多，但討厭就是討厭。

有多納提在的話，就更是那樣了。

當我覺得麻煩，想要轉身折返的時候。

「……都怪妳……！」

他用帶有近似於厭惡，飽含負面情感的顫聲對我說道。

我不可能會忘記今天近距離聽過的聲音……我馬上就知道從背後傳來的，是三人之中誰發出的聲音。

「喂……」

其中一名騎士向多納提搭話試圖阻止他，但他並沒有停下。

「都怪妳……！害我顏面掃地！」

我從他危險又凶暴的樣子，感覺到自己有人身危險，於是做好隨時能拔出劍的預備姿勢。

然而其他兩個人用蠻力擋著試圖靠近我的他。

「多納提，快住手！」

「放開我！」

或許是被其他兩人壓制讓他怒氣更盛，他的雙眼瞪著我。

「我希望你不要怪在別人頭上。這結果純粹是因為你戰鬥時小看我所致……不對，說到底正如將軍所言，是因為你用太過懈怠的狀態面對訓練，自作自受罷了。」

在跟多納提的比賽中獲勝也無法坦率地高興，這就是原因吧，我在開口的同時想通這點。

和過去的他戰鬥時是開心的。

我並不是想將自己落敗的事正當化，但他的動作確實讓我獲益匪淺。

然而今天從他的身上卻完全無法感覺到任何事物。

儘管覺得隨著時間經過，力量比起記憶中多少變強了些……但僅只於此。

實在不讓人覺得從那時過後有認真訓練的動作，反而澆熄了我的亢奮。

與此同時，我覺得很遺憾。

因為我期待與變強後的他之間的一戰。

「……！」

我所說的話讓他鬧得更凶了。

那使得壓制他的兩人似乎用盡全力。

「明明是個女人……妳做訓練有什麼用！」

儘管遭到制止，他還是繼續痛罵。

剛剛的反駁應該是火上澆油了吧，要說是自作自受倒也沒錯。

「反正妳是玩玩的對吧？……真是礙眼！」

「我不是玩玩的。不久後我就會卸下替身兼護衛的工作加入國軍，我想為了保護大家奉獻此身。因此我不可能帶著半開玩笑的心態參加訓練。」

我做出那種反駁的一瞬間，多納提哈哈大笑。

帶著像是嘲諷一般嗜虐心的笑聲，令我不禁眉頭緊蹙。

再繼續說下去也只會覺得不快，就在我要再次邁開步伐的那時——

「哈哈哈……真是好笑！妳要加入國軍？明明女兒身無法加入國軍，妳到底在說什麼不切實際的夢話啊！」

他直言不諱的那些話，讓我不由得停下腳步。

……女性無法加入國軍？

他到底在說什麼啊……

「妳啊！是在作不可能實現的夢，盡無謂的努力！明明是那樣，還害我遭受那樣的對待……開什麼玩笑！有夠礙眼！妳別再參加卡傑爾大人的訓練了！」

他被那兩人拖走般漸漸遠去，講出像臨走撂狠話那樣的言詞。

我整個人當場愣住，宛如目送他離去那樣呆呆站著不動。

……他剛剛到底說了什麼？

騙人、騙人、騙人……！

因為克洛依茲先生知道我的夢想還替我聲援……那肯定是多納提為了洩憤逼不得已說出的謊言。

否則的話，就像他所說，我究竟是為了什麼持續學劍……？

明明腦子裡那樣想，試圖說服自己，然而一旦冒出疑惑便難以消散。

我感到內心鬱悶，那似乎成了一股動力，我為了尋找克洛依茲先生大步奔跑。

「喔，梅露。妳怎麼了？怎麼那麼慌張……」

我向著訓練場跑，很快就發現了克洛依茲先生。

「哇！」

一發現他的身影，我立刻撲進他的懷裡。

「怎、怎麼啦？如此熱烈的……」

「騙人的吧？」

為了要蓋過他的話，我開口大喊。

「女性不能加入國軍，這是騙人的吧？克洛依茲先生，您聲援過我的對吧？」

聽見我的話之後，先前那種悠哉的感覺不知所蹤……他那副表情，變得簡直像是在忍耐些什麼那樣痛苦。

「……對不起。」

聽見克洛依茲先生的道歉，不管情不情願我都明白了。

……多納提的話，絕對不是胡說八道。

「為什麼……？」

「……想到從像是被復仇附身不惜拚命的妳身上，終於聽見積極的話語……我就說不出『辦不到』。只要能向前看，我甚至覺得那樣也可以。我明明知道早日說出真相比較好，膽小的我卻沒能說出口。」

……不對！

我不是想問那種事！

「為什麼……為什麼女性不能加入國軍……！」

克洛依茲先生無法回答我的問題。

或許該說沒有答案也說不定。

看見他像是無計可施……即使如此還是隱隱帶著悔恨的表情，我如此心想。

然而現在的我，卻無法冷靜下來承認那件事。

「啊，梅露……！」

我聽見背後傳來克洛依茲先生的話語，就這麼衝出了宅邸。

†††

因為流淚的緣故，我的視野一片模糊。

但因為是在常走的路上奔跑，那並不會成為障礙。

我一直跑、一直跑、一直跑。

然後抵達的是常去的塔。

回想起來，我難過的時候總是會來這裡。

當受到自己無法承受的痛苦折磨之際，我總會想起這裡。

我跑上樓梯，目標是塔頂。

最高的地方……當我抵達能俯瞰城市全景的地方，我立即尋找他的身影。

可是那裡卻不見他……路易的身影。

不可能那麼剛好出現啊……在我正要癱坐在地上的時候。

「妳也來了嗎，梅莉？好久不見了。」

剎那間，我回頭一看。

「路易……」

他看著我的臉，浮現出似乎微微訝異的表情。

「妳怎麼了，梅莉？」

那個問題我無法回答。

不對，是答不上來。

我搖搖晃晃地接近他身邊，緊緊揪著他開始嚎啕大哭。

他沒有繼續追問下去，只是默默地抱緊了我。

……後來我究竟哭了多久呢？

我一個勁兒地哭了又哭、哭了又哭、哭了又哭……哭得累了，眼淚也流乾了。

痛苦和憤怒那些黑色的鬱悶情緒似乎也連同眼淚一起流走了，現在的我冷靜了不少。

……然而，現在我卻在另一種層面上內心騷動不已。

就是我任憑感情抱住路易的這個現實。

我太過害羞，沒辦法抬起頭。

「……冷靜下來了嗎？」

他冷靜的語氣，讓我感到更加羞恥了。

「對……對不起，我突然就……！」

「……妳不用放在心上。先不說這個，妳沒事吧？」

「嗯、嗯……哭過以後覺得舒服多了……」

我慌張地說，隨後他溫柔地拍了拍我的背後。

「總之妳冷靜一點。所以，我能問問是發生了什麼事嗎？」

「……那個嘛……」

見我支支吾吾，他泛起一抹苦笑。

「如果妳不想說，不用說也可以喔。」

「……不。」

接著我告訴了路易。

我以加入國軍為目標的事。

以及有人對我明言說那是不可能的事。

不時情緒化的我所說的話，時間順序什麼的都亂七八糟，想必很難聽懂吧。

但是他直到最後都沒有開口打岔，只是靜靜地聽我說。

「……妳還真是率直呢。」

於是我把想說的話全都吐露出來，暫且閉上了嘴之後，他對我輕聲說出了這句話。

「率直？」

「沒錯。在自己決定好的路上筆直前進。我很尊敬妳那種專注一致的態度和拚命喔。」

「呃……謝、謝謝你。」

意外的誇獎，讓我不禁說不出話來。

「這是我個人的想法……這些話離題了呢。所以是因為無法加入國軍……是嗎？光是因為那男人的話就放棄，就表示妳的願望的重要性也不過爾爾。」

聽見刺耳的言語，我忍不住反射性瞪了他一眼。

那眼神令他泛起一抹苦笑。

「妳有好幾個選項。」

「……所以你是純粹要我放棄國軍？」

「不是那樣。我是要妳換個角度想。比方說……這樣吧。說到底妳為何立志要加入國軍？妳為何要磨練武術？是為了充分發揮武藝並在軍隊裡獲得名聲，還是為了保護人民？」

「那是……」

聽見他的問題，這次我為了思考低頭看地上。

「首先就從那裡開始思考吧。從更寬廣的觀點來看，這也是重新審視自己的好機會不是嗎？加入國軍是目的，還是手段呢？」

我沒辦法回答他的問題。

「如果是前者，那妳就好好地哭一場，若是後者的話，又怎麼會有哭的必要？……如果是手段的話，那就再重新想想妳理想的模樣吧。也許改稱目標比較好吧。要怎樣接近那個目標呢？」

「……好難懂。」

「比方說當成妳認為加入國軍是手段，目標是活用至今累積的劍術吧。」

「嗯。」

「要活用劍術只能加入國軍嗎？……不是那樣吧？經人推薦加入騎士團也是一種方法，當傭兵也能使劍。」

「……確實。」

「不過，這充其量只是舉例。然後妳再一個個想就行了。首先是訂下目標。接著該怎麼做才能到達那裡，再試著想想幾個方法。如果那個結果，果然還是只有加入國軍的話……」

「……的話？」

「再轉換到思考要怎麼做才能加入國軍就好。」

「可是我進不了國軍……」

「……嗯，沒錯。至今沒有半個女性加入國軍。但是為什麼不行呢？」

「那是……那是──」

他對著說不出話的我笑了笑說：

「對吧？不知道為什麼吧？追根究柢，把問題各個擊破……然後讓他們認同，妳成為第一個女性的國軍士兵不就好了嗎？」

我有種簡直恍然大悟的感覺。

然後同一時間我也確實笑了。

現在的我完全不知道，為什麼女性不能加入國軍。

是因為力量太弱嗎？

抑或純粹只是法律規定的呢？

就因為不知道，才會單方面地覺得自己遭到否定無法接受吧。

「嗯……是啊。我會再一次認真想想看為什麼我想加入國軍。如果再一次仔細地想了又想還是覺得只有這條路的話，到時候我必定會……拚命掙扎。思考了那麼多得到的答案，如果還是那個的話，肯定是我想要掙扎到底的東西。」

聽見我的話，路易似乎覺得很耀眼般瞇細雙眼笑了笑。

†††

「好久不見了，羅玫爾。」

「唷，卡傑爾。」

就在卡傑爾開始思考，常常來安德森侯爵家的羅玫爾不見蹤影到底是怎麼了的時候——羅玫爾突然間出現在安德森侯爵家。

彷彿連續來了好幾天那樣的隨便，仍然不像個貴族的言行舉止……對卡傑爾來說這樣子很好，比較輕鬆。

即使如此，卡傑爾還是面露苦笑。

而且他也很久沒在晚上以外的時間待在家裡了。

會在這天的這個時間定點來到這裡，就代表羅玫爾徹底掌握了卡傑爾的預定行程，並且預測到他的行動吧。

儘管經常會注意到的是他輕浮的言行舉止……但卡傑爾再仔細思考，便覺得他的周到令人感到一股寒氣。

「來得正好，老夫也有事要找你。」

卡傑爾面對坐在自己前方椅子上的羅玫爾那樣說。

「……是關於那起綁架事件和帕克斯遭襲那件事的始末對吧？」

「沒錯。」

真有一套……雖然內心這麼想，不過卡傑爾沒有說出口。

事到如今沒有必要。

「關於帕克斯的事我非常抱歉。姑且是有在密切監視傭兵們的動靜，偶爾逮捕舉止太囂張的傢伙……因為沒有正當理由，不能取締並非罪犯的傢伙們呢。」

「不，那件事就算了。關於那件事正因為有從你那邊事先得到情報，才沒有出大事。況且你說的原因老夫能理解。老夫想聽的不是那些……」

「是關於兩起事件的背景吧？」

「沒錯。雖然是隱隱約約，但有種討厭的預感……準確來說是有種非常怪異的感覺。雖然只是直覺。」

「……你的直覺就像是野獸呢。」

羅玫爾說這話時的表情，看上去像是純粹在誇讚卡傑爾。

「不過你的直覺很準喔……沒錯，如同你預料的，這兩件事的源頭是一樣的喔。」

「這個國家究竟發生什麼事了？」

「喂喂喂，這件事不是國家層級的喔，是以安德森侯爵領為中心發生的事情。換句話說，就是你身處這漩渦的正中央呢。」

「你在說什麼……？」

卡傑爾聽見羅玫爾的一番話，愣愣地開口問。

「連續綁架事件的受害者，都是跟你的女兒同年紀的小姐們對吧？而且還是在你的女兒來到王都之後發生的。」

「……也就是說，他們盯上了小女嗎？」

「那就是最終目的喔。不過盯上同年紀的孩子們，是偽裝兼挑釁吧？」

說出那些話的羅玫爾，宛如在嘲笑那般嘴角扭曲。

「在背後穿針引線的鼠輩究竟是誰？」

「哎呀……抓到魯梅路伯爵了不是嗎。話說不就是你抓的嗎？然後解決了綁架事件吧？」

「那種貨色，怎麼可能做得出那種準備。」

卡傑爾乾脆地否決了羅玟爾的發言。

羅玟爾並沒有對此出言反駁，只是保持沉默。

卡傑爾理解為他是肯定的意思。

「在回答問題以前，可以先搞定我的事情嗎？」

在一片沉重的沉默之中，羅玟爾連忙換了個話題。

「別緊張，我會好好回答你的問題的。在那之前我有無論如何都想知道的事。」

「嗯，好……老夫知道了。所以，今天你有什麼事……？話說，雖然現在才提，但是你的臉色看起來很疲倦呢。」

「竟然被你給看穿了……我確實可能是有點累了。先不說這個，你白天會在宅邸還真是少見。在做什麼呢？」

「一些領地的事。雖然平時都丟給人做，但偶爾也要自己來。」

「喂喂喂……雖然當將軍很忙碌，但領主可不能輕視領地吧。尤其你這裡能採到優良的礦石等等。那方面不好好管理可不行。」

卡傑爾……安德森侯爵家，是自建國以來就憑戰功扶植起來的家族。

本來在安德森侯爵家治理的領地上，就有很多能採到礦石的山巒。

在這當中鐵礦尤其著名。

將領內採到的鐵礦經煉鐵製成武器……從以前開始，領內學習武術的人就比其他領地要多，這也是原因之一。

「就算你這樣講，老夫可是原本沒打算當領主的男人喔！關於經營的事，根本無法理解。」

「你的直覺只限於戰場啊……真是的，我真是來對了。我說，卡傑爾，我覺得自己至少是得到你信賴的人。」

「你沒頭沒腦地說什麼啊。居然沒喝酒就說這種令人害臊的話。」

「……別管了，聽我說。所以我在讓手下調查以前，故意先直接來你這邊。我說卡傑爾，你能讓我看看最近的礦山資料嗎？」

羅玫爾用認真的語氣詢問卡傑爾。

其內容若是一般的貴族，會立刻拒絕吧。

畢竟那就像是叫他公開自己的財產。

而且還是身為這個國家宰相的男人。

「好啊……拿去。」

然而卡傑爾卻輕易……乾脆地將文件交給了羅玫爾。

反倒是羅玫爾甚至有一瞬間大吃一驚。

「從你的話中聽來，有這樣做的必要對吧？哎呀，老夫相信你。不是因為是宰相什麼的，而是你個人。況且老夫不擅長動腦……你要是看了，應該能看出什麼東西吧。」

「……真是的。那我就不客氣了。」

羅玟爾為了隱藏害羞用生硬的語氣說話，隨後接過資料開始解讀。

他的速度是卡傑爾的一倍以上。

唰唰唰地，他用宛如在確認資料張數的速度進行閱讀。

「喂，卡傑爾。你最後去礦山視察是什麼時候的事？」

「大概一個月前吧？老夫正好有事去了領地一趟。」

「再之前呢？」

「……天知道？不過老夫定期會過去。」

「那麼礦山的狀況跟從前相比，有什麼不一樣的地方嗎？」

「老夫沒發現。」

「……說得也是。唉……我討厭的預感中了。」

「……出什麼事了嗎？」

「鐵礦被偷了喔。」

「……你為什麼知道？」

「就算你問我為什麼知道……這份資料，跟你這邊領地的價格變化，還有各個商會銷售額的變化表，以及從事該工作人員的薪水比對之後一目了然。這下最好要去追蹤鐵鋪。緊急向商業公會確認真實性吧？」

「究竟是誰，又是為了什麼……？」

「跟剛才說的事是同一個傢伙喔。就是你在追的幕後黑手。」

「……喂，羅玫爾。你也差不多該告訴老夫了吧？那個幕後黑手的真實身分。」

卡傑爾狠狠瞪了羅玫爾。

「嗯，我會告訴你的。不過要等追蹤到這些鐵礦以後……」

「為什麼……？」

「那是為了你著想。」

「……這話什麼意思？」

「起初我想盡快告訴你結束這件事。不如說，我其實……曾經有點懷疑過你是不是共犯。」

「老夫是刻意將梅露莉妲逼上死路……你是那樣想的嗎！」

磅的一聲，卡傑爾把羅玫爾揍到牆上。

「嗯，是啊。」

雖然表情因疼痛而扭曲，但羅玫爾還是表示肯定。

「你這混帳……！」

卡傑爾緊咬嘴唇，更加用力地抓住羅玫爾的衣服前襟。

「我說過……對吧？王宮的貴族們，在他們厚厚的臉皮之下，有很多人都隱藏著自己的陰謀……喔！就算說著最愛、最愛也只是做給人看，私底下卻是在利用的也大有人在。」

「不准你再侮辱老夫對梅露莉妲的心意……！」

「你不是那樣的人，這點事我已經知道了！」

羅玫爾開口大叫。

聽見那句話，卡傑爾稍微放鬆了手上的力量。

「……跟你相處那麼久了，我馬上就打消那個念頭。到了現在……就像你信賴我那樣，我也信賴你。」

「那麼……你告訴老夫！究竟是哪個傢伙，將老夫的梅莉露妲逼上死路的！」

他悲憤地大喊。

打從相遇以來，羅玫爾第一次見到卡傑爾那副樣子。

「你還不懂嗎？是甚至會讓我一開始懷疑你是不是共犯，跟你那麼親近的人物！是我信賴你之後卻無法告訴你，對你而言非常重要的傢伙！然後，還是有辦法暗中出售鐵礦的人物……！」

「……該不會……」

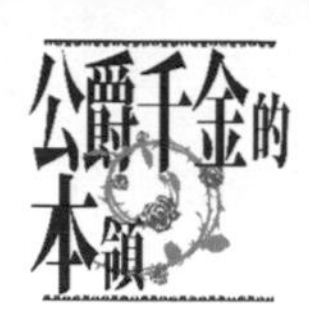

羅玫爾的吶喊令卡傑爾錯愕地低喃。

與此同時卡傑爾整個人失去力氣，羅玫爾終於得以從卡傑爾那邊脫身。

羅玫爾當場蹲了下去。

「你不用再繼續說下去了，你所想的就是正確答案。」

卡傑爾搖搖晃晃，像在遊蕩似的行走，接著一屁股坐在了椅子上。

然後當場像蜷縮成一團那般，用手抱住了頭。

羅玫爾心酸地看著他那副模樣。

沉重的沉默壓在這個房間。

兩個人都沒有開口說話。

承受這個太過沉重的事實，讓卡傑爾不住顫抖。

「……你說出口吧。如果是你的話，老夫就相信……」

最終在沉重的沉默之中，卡傑爾做出了那樣的發言。

然後與此同時，羅玫爾嘆了口氣。

「唆使山賊，設法殺害你最愛妻子的傢伙。在暗地裡操縱襲擊你的女兒和兒子的傢伙。以及暗中賣出鐵礦，試圖掀起叛亂的傢伙。那就是……你的弟弟。」

卡傑爾聽著羅玫爾的話，流下了眼淚。

幕間

「稍微休息一下吧。」

聽見母親大人的話，我猛然回過神來。

不知不覺間我似乎是聽母親大人的話聽到出神了。

不過這也是沒辦法的事。

俗話有云「現實比小說更離奇」。

沒想到……沒想到被稱為社交界之花的母親大人，竟然在少年時代投身於那樣苛刻的訓練之中。

因為我沒做過什麼訓練，實際上並不清楚有多麼苛刻。

然而，那絕對不是一條平坦的路吧。

如今仍然能勝過萊爾和迪達的本事。

集安德森侯爵家護衛隊的尊敬於一身的那種力量。

她如今儘管身為女性卻擁有那麼強大力量的身影，正是因為有過去的積累。

正因如此，我才會如此輕易地信服吧。

……不過……

「母親大人從少年時代，就發自內心迷上父親大人了呢。」

「哎呀，討厭。真讓人害羞。」

那雙頰染上紅霞的身影，即使是我這個做女兒的看起來也很可愛。

因為剛剛的故事，我覺得反差非常大。

「不過也不是時間的問題。小艾妳還不是一下子就淪陷了對吧？」

淪陷的對象是誰，不用問也知道。

因為那是我體驗過的實際經驗。

確實是轉瞬之間。

從有愛上他……汀恩的自覺直到淪陷。

當時想著由於身分差距不得不放棄他、說到底不想要再談戀愛等等，明明為了不要淪陷，一次又一次試圖撈起我的理性。

那麼做反倒讓我的心漸漸地越陷越深。

真是的，人的心實在無法任意掌控。

「……是啊。」

回想起當時種種，我不禁因為懷念笑了出來。

也許是因為剛才的故事很沉重，如今飄散的這種悠閒氣氛，讓我忍不住呼的一聲，將憋住的一口氣吐了出來。

此時，我聽見了敲門聲。

「……打擾了。安德森侯爵夫人來了。」

「哎呀，說來她有寄信過來說今天出門會順道過來呢。好啊，請她來這裡吧。」

「會打擾兩位嗎？」

「不要緊的。她也說過很久不見，也想見見小艾妳。」

那之後不久，安德森侯爵夫人……舅母大人就走進了房間。

「好久不見了，梅莉、小艾。」

個性溫和的安德森侯爵夫人，稍微打了下招呼後就坐在母親大人的身邊。

「說什麼好久不見……最近不是常常見面嗎？」

「哎呀，妳聽見了嗎？小艾，梅莉她好冷淡。」

「妳還好意思說？我記得距離上次妳來，只過了一個星期左右？」

「哎呀，都已經過了一個星期呢。」

她們兩人用隨性的語氣開始聊天。感情依然那麼要好呢，我在一旁觀看時如此心想。

聽著母親大人她們的對話，我回想起剛才母親大人的故事。

只聽過一次，就停不下來的那個故事。

「……對了！」

我回想之際，忽然間想到一件事而大叫。

「怎、怎麼了，小艾？」

母親大人和舅母大人異口同聲地擔心起突然開口大叫的我。

「沒什麼……先前舅母大人您說過初戀是母親大人對吧？說是拯救您脫離了困境的王子殿下。」

「嗯，是啊。」

「哎呀，討厭。嫂嫂，妳告訴了小艾嗎？」

「有什麼不好嗎？倒是梅莉妳說了往事呢。」

見母親大人有些害羞的樣子，舅母大人露出了賊笑。

「……所以果然沒錯吧。在王都的街道上，母親大人所救的少女就是舅母大人嗎？」

「嗯，是啊。那天我跟母親大人出門……好奇心作祟四處亂跑，跟母親大人走散了。因為就這樣迷路走進了巷弄裡，出現兩個奇怪男子要追上我的時候，是梅莉救了我喔。我實在沒想到那麼強的人竟然是個女孩子。看到她跟公公很親近的樣子，我還以為是哪個貴族的孩子……沒想到居然是公公的女兒。」

「第一次見面，妳大喊『為什麼妳穿著禮服！』的時候，我還在想說該怎麼辦呢。」

「呵呵呵，那時候真的很對不起。但我沒有料到一直在尋找的初戀對象，會在結婚請安的時候找到……對了，不過，小艾妳別誤會喔。我可是愛著帕克斯大人才結婚的喔。」

那我知道。

安德森侯爵家就貴族而言，算是罕見的崇尚戀愛結婚一派，這件事很出名。

之所以如此，是因為外祖父大人儘管身為英雄，有許多有權有勢的貴族說媒，結婚的對象卻是勉強和貴族沾上邊的男爵家之女梅露莉姮外祖母大人。

並且身為英雄之子的帕克斯舅父大人也是，明明有許多提親對象，據說外祖父大人卻把他們全部踢開，斬釘截鐵地說要他自己去找。

後者那件事尤其出名，因此我從盧狄那邊聽說帕克斯舅父大人每當參加貴族的聚會之際，野心滿滿的家族會用盡千方百計想要得到帕克斯舅父大人的青睞，他們的接待讓人很吃不消。

母親大人雖然是政治聯姻……不過那是外表看起來，越是實際靠近看就知道他們是讓人無法直視的兩情相悅。

……不過聽到剛剛的故事，說到底在有人說媒締結政治聯姻以前，他們就互相認識了，這樣真能歸類為政治聯姻嗎？我非常疑惑。

「話說舅母大人，您是受到舅父大人的哪裡吸引呢？」

「這個嘛……可能因為他是個很強的人吧。」

舅母大人泛起一抹儘管有點害羞，卻似乎非常幸福的笑容。

「很強……是嗎？」

「是的。因為初戀的關係，我找老公的標準就是強。就那點而言，帕克斯大人起初不在我的範圍之內。」

「舅父大人嗎？我聽說舅父大人也受到外祖父大人的訓練……」

「哥哥表面上不怎麼活躍喔。」

聽見母親大人的發言，我歪了歪頭。

看見那副模樣，舅母大人笑了。

「呵呵呵……帕克斯大人過去沒上劍術課。尖酸刻薄的學生們，就罵他身為安德森侯爵家的嫡子劍術卻完全不行呢。尤其是以騎士團為目標的人，或對卡傑爾大人抱有憧憬的人，他們的惡言詈辭更是難聽。對此帕克斯大人視為耳邊風……由於他什麼都沒說，使得對他的反感變得越來越嚴重。」

「喔……原來如此。」

「說起來對於完全不回嘴的帕克斯大人，我也擅自感到氣憤……不禁對帕克斯大人開口說了……」

†††

「你那樣子說侯爵家的人是什麼意思？不對……先不談什麼侯爵家，作為一個人那樣大聲說著貶低對方的言論，我實在覺得很不妥喔。」

那時，安德森侯爵家嫡子帕克斯大人正好經過。

我偶然走在同一條通道上，聽見了不堪入耳的言語。

像是他真的是安德森侯爵家的嫡子嗎？或者說他是膽小鬼之類的話。

雖然我聽說過那些事，但實際上聽到覺得很不舒服。

因此我忍不住對那些人開口。

……明明跟我沒有關係，卻忍不住一頭栽下去是我的壞習慣。

對方跟我一樣都是出身自賦予伯爵位階的家族之人，我記得曾經聽說過他是以騎士團為目標的傳言。

雖然我也想過要是頂撞那種人上演全武行的話該怎麼辦……但說都說了，我也沒辦法。

我一直瞪著他們看，不過他們意外地很快就離開了現場。

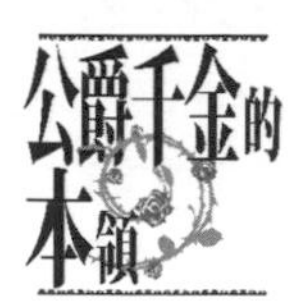

內心鬆了一口氣的我，面對問題所在的帕克斯大人說道：

「您回嘴不就行了嗎？安德森侯爵家、卡傑爾大人遭到侮辱，您不會覺得不甘心嗎？」

帕克斯大人聽見我的話似乎目瞪口呆，隨後發出了笑聲。

「我、我可是很正經在說這些話喔！」

「不，我覺得妳是一位相當勇敢的人。除了那個人，其他人也都是大塊頭的男人，居然敢那樣堅決地回嘴……不，失禮了。承蒙妳忠告，我實在過意不去。」

「那麼……」

「可是，我覺得也沒有必要特別應付他。不管他們要怎麼說我，我也沒有任何想法。父親就算看到這種場面，也只會一笑置之吧。」

「唉……」

「也請妳別太亂來了。非常感謝妳出手相助。」

結果帕克斯大人沉穩地說完那些話以後，就快步進入了教室。

當我回過神來一看時鐘，發現已經要開始上課了。

我陷入還不至於到跑步，但得迅速地前往教室的窘境。

†††

後來我順利地上完所有課，為了前往宿舍離開了學術大樓。

我看見為了累積修練，又或者是以活動身體為目的的男性們在訓練場練劍。

在發呆的我，沒注意到那時候帕克斯大人走在我身邊。

「啊，在那邊的是……」

「喔，是那個安德森侯爵家的丟臉傢伙啊。說起來白天的時候，好像還讓那邊那個女人保護了他是嗎？」

我朝著聲音的來源望去，除了白天講不過我的兩個人以外，還有一個侯爵家的兒子。

「那個女人也真是的。不僅反抗男人還瞪人……果然女人還是得有女人的樣子才好。」

「我完全同意。就因為那麼粗枝大葉，才會現在還沒有訂婚對象吧。」

伯爵家的兒子異口同聲地同意了侯爵家的兒子帶著嘲笑說出的話。

聲音比剛才還要大聲，就算不注意聽，也能傳到我這邊來。

我還在面前……不過，應該就是因為我在吧……我由於露骨的汙衊，身體不甘心地顫抖。

「……真是令人無法想像是以騎士為目標的言行舉止呢。」

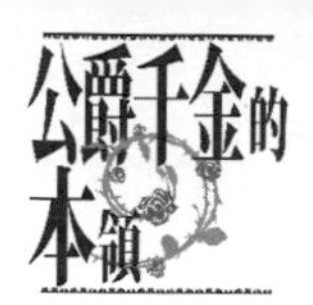

我不甘心、很不甘心……但是我想不到反駁的言詞。

我雙目含淚，感覺隨時要哭出來……就在這個時候——

帕克斯大人對著那些男人拋出了這番話語。

「什麼？」

那些男人威嚇帕克斯大人。

「你沒聽見嗎？我說是無法想像以騎士為目標的言行舉止。」

「雖然很失禮，不過關於騎士你懂什麼？就憑你這給安德森侯爵家丟臉的傢伙。」

「不管丟不丟臉，身為貴族應當自小就有聽過騎士的禮節吧？即使如此，你卻對淑女那樣說話……你們才是貴族之恥吧？」

「哼……那種東西等當上騎士以後再遵守就行了吧？我們在做嚴苛的訓練，所以現在沒有空閒注意那種事情。」

「嚴苛啊……」

「你可能沒辦法理解。」

「那麼，你可以陪我訓練嗎？」

帕克斯大人說著走上了訓練場。

見他的言行舉止，男人們浮現出令人厭惡的笑容。

「嗯，就陪你訓練一下吧。」

「對了。既然讓你們陪我訓練，我就教你們身為貴族的處世之道吧。訓練結束以後，要向那邊的淑女道歉喔。」

「會在你面前好好道歉喔……只不過沒有證人就沒什麼好說的了。歸根究柢，這事得等到你平安結束訓練再說呢。」

「如果是你沒辦法平安結束呢？」

「不可能。你只要擔心自己能不能平安就行了。」

我忍不住對向前走的他開口道：

「帕克斯大人！」

「妳不用擔心。馬上就會替妳挽回名聲了。」

他回頭的同時溫和地說。

「比起那種事，您的安危更重要！」

我那樣大叫之後，他一瞬間露出愣住的表情……但是，他笑了。

「我真的沒問題。」

隨後他接過了劍，跟先前那些男人其中的一人對峙。

見證人發出宣告開始的信號。

我像在祈禱一般看著那場比賽。

……然而比賽轉瞬間就結束了。

不一會兒，才聽到了一聲悶響，身為對手的男人就趴在地面上。

那一瞬間發生的事，令我訝異不已倒吸一口涼氣。

「你做得太過分了！」

在一旁看著的男人，抱起倒地男人的同時大叫。

「太過分？是你們要陪我訓練的吧？而且還是嚴苛的訓練……是吧。」

帕克斯大人笑著回應那個男人的喊叫。

「這樣子就說完成了連騎士的禮節都忘記的嚴苛訓練，真令人吃驚。不過是輸給丟臉傢伙的這等實力，還真敢那樣得意洋洋。」

面對帕克斯大人像是不敢恭維那樣繼續說下去的話語，這次對手由於怒火漲紅了臉發著抖。

「好了，站起來。向那邊的淑女道歉吧？」

帕克斯大人抓起那男人的脖子，直接把他拖過來。

「你要睡到什麼時候？好了，快起來。」

「那、那個……這做得太過了……」

帕克斯大人的狠毒，讓身為外人的見證人也臉色鐵青地向他搭話。

「做得太過？這種程度的瘀傷，如果有做嚴格訓練的話，是稀鬆平常的事吧？而且最重要的是訓練尚未結束，在這個人向那邊的淑女道歉以前。」

「是、是……」

見證人雖然流露出無法接受的表情，卻也沒有再繼續追究下去。

「……已經夠了，帕克斯大人。謝謝您。」

「可以了嗎？」

「是的。您降伏這個人的那一瞬間，我就覺得痛快多了。」

「這樣啊。」

帕克斯大人放掉手上抓著的男人，一派泰然自若地離去。

「那個，帕克斯大人，您明明這麼強，為什麼至今都不說呢？」

「誇耀自己的力量有什麼用？」

帕克斯大人用問題回答我的問題。

對於他的問題，沒有答案的我頓時說不出話來。

「雖然就抑制力而言或許也有不可或缺的場面……但至少沒有必要在這個學園裡誇耀力量吧？力量應當於必要時使用，我認為在日常生活中使用，最終會反彈到自己身上。說到底，如果有某種程度上的力量，應該能從平時無心的動作中，也能某種程度上看穿對手有多強。何況……」

說到一半的帕克斯大人忽然淺笑了下說：

「最重要的是我並不強。我知道真正的強者，因此就更沒有想誇耀的念頭了。」

我沒接觸過武術什麼的所以不清楚……可是我並不認為能那樣子一瞬間打倒對手的帕克斯大人不強。

說到底能讓那樣的帕克斯大人說很強的，究竟是怎樣的人呢？

果然是卡傑爾大人嗎？

在聽他說話的同時，我的腦中閃過那些念頭。

「總之守住了妳的名譽，這就有意義了……我今後也不會在學園裡積極使劍。」

「十分抱歉……麻煩了帕克斯大人您。」

「不，無妨。我剛剛也說過了吧？只要能守住妳的名譽，那樣就夠了。」

帕克斯說完以後輕輕笑了笑。

†††

「舅父大人太了不起了！」

舅母大人的回憶，讓我忍不住叫出了聲。

「對吧？哎呀，那成為契機使我開始在意帕克斯大人。之後陷入愛河，就這樣結了婚喔。」

「哎呀呀，真是一樁佳話呢。」

「嗯，這個回憶是我的寶物。不過，之後來結婚請安之際，竟然見到初戀對象身穿禮服站著……那時候我真的嚇了一跳。」

「我才嚇了一跳。我、父親大人和哥哥，聽到妳的叫聲全都大驚失色。」

似乎是回想起當時，她們兩人一起笑出聲來。

「哎呀，雖然被那些男人追上的往事很恐怖，是我不太願意想起的事……但除此之外我受到了幫助，總覺得就因為有『希望我不會讓救過我的人蒙羞』那樣的想法，我現在才會在這裡。全都息息相關呢，不論是好的或是壞的回憶。」

我也懂舅母大人的話。

事到如今已經成了遙遠的往事，我的起點是遊戲中的結局，解除婚約的場景。

儘管絕對不是美好的回憶……但正因為有那件事，才有現在的我。

對一切感到絕望，拒絕他人，放棄那樣的自己……然而就算死命掙扎、感到痛苦，還是要繼續前進……在那過程中我明白了夢想與生存意義，最重要的是明白對自己來說真正重要的存在。

所以當時發生的事……絕對沒有白費。

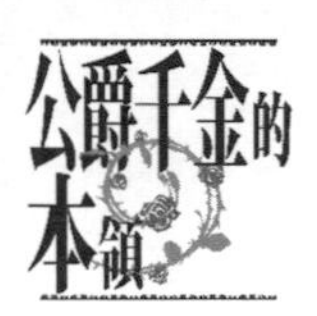

「妳說了很棒的話呢，嫂嫂。」

母親大人漾起柔和的笑容表示贊同。

「話說小艾，妳可愛的孩子們今天上哪兒去了？」

「耶皮斯他在領地。璐琪……話說璐琪的訓練或許差不多要結束了。不好意思，可否容我先行告退去看看狀況？」

「嗯，當然好。路上小心。」

「母親大人，請您之後要告訴我後續喔。舅母大人，請原諒我中途離席。我一定會再找機會慢慢聽您說完故事。」

留下這句話之後，我便離開了房間。

目的地是阿爾梅利亞公爵家別邸內的訓練場。

雖說是為了訓練警備隊隊員而設置的場地，不過聽說最近就連仰慕母親大人的安德森侯爵家衛兵們也會來這裡。

反正兩家人的關係很好，所以沒問題。

「母親大人～！」

我一出現在訓練場，璐琪就小步小步地跑到我身邊。

她似乎做完紮實訓練，傷痕累累又汗如雨下。

「璐琪，妳辛苦了。」

我說著露出微笑，她很高興似的帶著微笑抱住了我。

於是我直接將她抱起。

雖然現在還行，但再大一點可能就有困難了吧……儘管成長是件令人開心的事，卻也令人寂寞，我對冒出那種想法的自己露出苦笑。

「我今天也努力做基礎訓練了！」

「這樣啊……很了不起喔，璐琪。有話晚點再講，趁身體還沒著涼以前，先去洗個澡吧？」

「是！」

我就這麼抱著璐琪走了出去。

路上她很高興地講述自己有多麼努力，然後還進一步似乎很自負地說起看著自己訓練的迪達和萊爾有多麼厲害。

「為了總有一天也能幫上母親大人的忙，我會加油！」

「……璐琪。」

聽到她這句話我並不覺得高興。

反倒是悲傷和對於讓她說出這種話的自己有多麼沒用而感到無地自容。

「妳用不著思考那種事喔。妳只要走妳喜歡的路就行了。」

我像在勸說一般對她說道。

但是璐琪反倒浮現出悲傷的表情。

「……給您添麻煩了嗎？」

「沒有那種事。妳想要為了我努力，那份體貼讓我非常高興。但是，璐琪。我只要有妳在，光是那樣我就能努力了喔。妳歡笑我也會很開心，妳難過我也會難過。因為妳是我非常珍貴的女兒。妳就算幫不上忙，那一點也不會變喔。我愛妳，璐琪。」

說完以後，我在她的臉頰上落下一吻。

她似乎陷入沉思，一臉面有難色。

「來，璐琪。去洗澡吧。」

我將她交給侍女，在房間裡審視文件等她。

儘管在工作，我的腦中卻在回想著剛才跟璐琪的對話。

……要勸說孩子這件事真的很困難。

不管話說多少次，那種源於純粹的固執，常常會不同於我的企圖，理解到出乎我意料的方向去。

實際上，璐琪說過好幾次想要幫上我的忙。

就算我每次都說不必那樣勉強我也會愛她……但每次她理解時都會面有難色，又再次重複那些話。

……如果是大人的話，對方說了什麼、是怎麼想的，我會用至今的經驗或是刺激對象的慾望來讓那個人行動。

小孩子既然沒有那種盤算，那些花招就完全不管用了。

不過實際上我也沒對小孩子使過花招，這頂多是假設的事罷了。

「母親大人。」

正好洗完澡的璐琪，抱住坐在椅子上的我。

「覺得清爽了嗎？」

聽見我的問題，璐琪喝著水直點頭。

「是的。我覺得很舒服。」

璐琪一下子黏上我的膝蓋。

我抱起愛女放在我的大腿上。

然後緊緊抱住她。

「母親大人，好難過。」

「哎呀，抱歉。因為璐琪妳太可愛了。」

我那樣一說，璐琪就很開心地露出微笑。

雖然我盡量撥出時間，然而平時因為工作的關係，跟孩子一起度過的時間很少。

明明還是稚子，因此他們兩人是非常堅強地忍耐著吧。

那令人著急，但另一方面我無法改變我自己的生存方式。

「……對不起喔。」

我忍不住低聲道，璐琪歪了歪頭。

「母親大人，怎麼了嗎？」

「不，什麼事都沒有喔。」

「母親大人真奇怪。」

璐琪說完以後笑了笑。

我也為了讓她安心，露出一記假笑。

然後我為了隱藏自己即將湧出的心情，再次抱緊了愛女。

†††

另一方面，還留在房間裡的梅露莉絲，繼續和嫂嫂瑪璐璐閒聊。

「不過妳也已經當祖母了呢。雖然完全看不出來。」

「是啊。時間真的過得很快呢。」

「雖然今天沒見到那些孩子，不過是跟妳很像的小艾和『那位』老公的孩子對吧？肯定很可愛……」

瑪璐璐很陶醉地說著。

「哎呀……不管外貌如何、是怎樣的孩子，都是我可愛的孫子喔。我竟然有了孩子，而且還有了孫子……那時候的我完全無法想像呢。」

回了這些話後，梅露莉絲瞇細雙眼似乎遙望著遠方。

「為什麼……？為什麼叫我丟掉劍……不是別人，而是出自父親大人您的口中？」

「要我站在遠處咬著手指看著安德森侯爵家的命運……明明重要的人奔赴戰場，為何我卻……！」

那麼做的同時，感覺好像能聽見從前的自己的痛哭聲。

「梅莉，妳怎麼啦？」

瑪璐璐擔心那樣的她，向她搭話。

「啊……對不起。我想起了一些往事。可能是因為我對小艾說往事的關係吧。」

說完以後瑪璐璐綻開笑容道：

「唔……雖然不知道妳說了多少，但她肯定很驚訝吧。妳以前身為公爵夫人還上戰場的事。」

「天知道……不好說呢。先前阿爾梅利亞公爵領遭到襲擊之際，她知道我跟安德森侯爵領護衛隊並肩戰鬥的事。事到如今說不定不會驚訝了吧。」

「所以，妳還沒跟她說到那邊是吧？」

「嗯，是啊。」

「……我倒是覺得會嚇一跳喔。無法留名歷史的那場戰役……不管是有了以一個領地與一個國家戰鬥的前例，或是岳父大人打算負起責任要整族人一起自盡的事。」

「妳……為什麼會知道那件事……」

瑪璐璐最後所說的話，使得梅露莉絲大吃一驚似的雙眼大睜。

「我可是那個人的妻子喔。我從他那邊聽說的。」

梅露莉絲聽見那句話，泛起一抹苦笑。

「這樣啊……」

「總覺得只要有一個環節出錯，就沒有此時此刻了……真是不可思議呢。」

「嗯，是啊。」

「……好啦。我也差不多該告辭了。小艾聽妳說往事的樣子，之後要告訴我喔。我會再來看妳的孫子。」

「……嗯。我會期待的。」

梅露莉絲送她回去之後，再次回到自己房間的椅子上。

「總覺得只要有一個環節出錯……」

瑪璐璐說的那句話，讓梅露莉絲回想起來。

「說得沒錯呢。只要出了任何一點差錯……說不定我就什麼都不剩了。」

她自言自語的那些話，在溫暖的房間裡冷冰冰地響起又消失。

後記

「大家好。我是梅露莉絲。」

「我是艾莉絲。這次在『後記』中，罕見地由我們來跟大家打招呼。」

「沒想到我們的事情，會在遙遠的國度變成故事……真是深感光榮。」

「說得沒錯。作者交給我一封信。我這就唸給大家聽。」

「首先，感謝大家。

本篇小說結束以後，萬萬沒想到竟然能像這樣出外傳……！

真的是多虧了有各位讀者。

非常感謝。

表面上是淑女，私底下卻是……！

當初在考慮母親大人的設定之際，那就是母親大人的標語。

然後在想寫這個故事以後，我一直保留著。

在本篇故事的最後，母親大人的戲份滿滿……我自己一邊寫，一邊在想主角到底是誰。

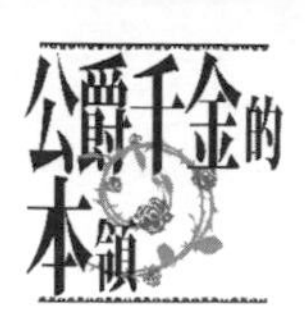

在這個故事裡，雖然有很多登場人物，但我沒能寫出他們一路走來的歷程。主角是艾莉絲所以確實是無可奈何，但也是因為我的能力不足的緣故吧。

這次得到即使在這當中也是自己投注很多感情的角色的執筆機會，而各位還願意拿起本書，真的非常感謝。」

「……就是這樣。」

「雖然不曉得設定究竟是什麼東西……總之阿爾梅利亞的名字，能讓其他國家的各位看見，都是因為有各位支持作者，這件事我已經充分了解了。我也衷心感謝各位。」

「（……竟然能在日本看到我的故事，人生還真的不曉得會發生什麼事呢。沒想到飾演反派大小姐的我，居然會成為故事的主角。）」

「哎呀，妳是怎麼啦，小艾？」

「不，什麼事都沒有。您說得沒錯呢。雖然這次的作品是母親大人當主角，但這也正如作者所說的，是因為有大家持續閱讀，才能問世的喔。」

「哎呀……我當主角？感覺有點難為情呢……喔，原來如此。難怪這次的後記是我跟小艾出場。作者肯定是想讓小艾妳出場吧？」

「天、天知道……究竟是怎樣呢？」

「話說，小艾妳知道日本這個國家嗎？」

「咦，啊……一般常識的話我是知道啦（再怎樣也不能說是懷念吧……）。」
「我非常好奇。想去拜訪一次日本呢！」
「呃～我覺得很困難喔。」
「咦？為什麼……？」
「因為那是離這裡非常遙遠的東方島國。拋下還在靜養的父親大人出那樣的遠門，母親大人您做不到吧？」
「那還用說嗎！要長時間離開老爺，我無法想像。」
「說得也是呢……不過兩位還是那麼恩愛呢。」
「哎呀，小艾妳也是……無法考慮長時間拋下老公去其他地方對吧？」
「是啊。最重要的是我有阿爾梅利亞公爵領的工作。」
「小艾妳才是一點沒變呢。我說小艾，妳覺得幸福嗎？」
「為什麼突然問這個……？」
「能成為故事就代表人生非常波瀾壯闊不是嗎？不過在那之前，父母本來就會擔心背負著重責大任而出生的自己的孩子喔。」
「……我很幸福喔。我的周遭有心愛的丈夫和可愛的孩子，雖然沒有一直在身邊，也像這樣擔心我的父親大人、母親大人和外祖父大人……然後還有如同家人的同伴在。就算是沉重的職

責，我現在覺得那種重量也很可愛。縱然有時候也覺得辛苦……然而不光是辛苦，也能因此細細體會到幸福。我得以抓住在遊戲的設定中，理應無法得到的幸福。」

「遊戲？」

「啊，不……！我什麼都沒說！」

「母親大人，您在哪裡～？」

「哎呀，璐琪在找妳呢。差不多也該告辭了吧。」

「是啊。那麼各位再見了。衷心盼望下一集還能與各位相見。」

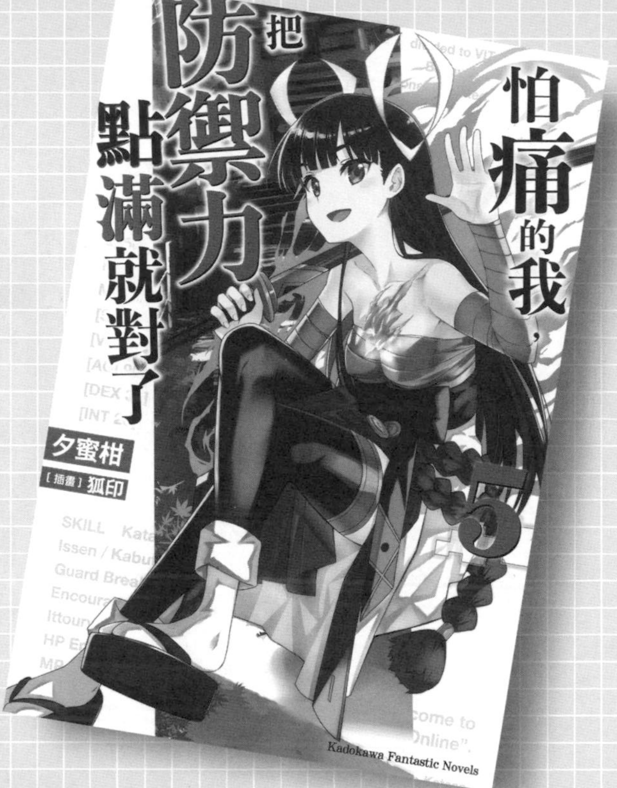

怕痛的我，把防禦力點滿就對了 1~5 待續

作者：夕蜜柑　插畫：狐印

【大楓樹】以小搏大勇奪對抗賽第三名！賽後梅普露等與兩大公會組隊挑戰新關卡

小公會【大楓樹】奪得公會對抗賽第三名！梅普露等人與【聖劍集結】的培因和【炎帝之國】的蜜伊交流日漸頻繁，相約組隊挑戰新關卡。以有別以往的陣容火速攻略地城的【大楓樹】一行，會遭遇怎樣的難題呢……？最強玩家梅普露，要在最前線奮戰！

各 **NT$200~220/HK$60~75**

聖女魔力無所不能 1~4 待續

作者：橘由華　插畫：珠梨やすゆき

對付物理攻擊無效的敵人就包在我身上！
聖女魔力大解放而引發奇蹟!!

知道如何發動「聖女的魔力」後，聖的下一個任務是淨化珍貴藥草叢生的森林。在以力量為傲的騎士團與傭兵團的護衛之下，她安心地在森林中前進，結果遇到了不怕物理攻擊的「那個」魔物？

各 **NT$200/HK$60~67**

國家圖書館出版品預行編目資料

公爵千金的本領. 公爵夫人的本領 / 澪亞作 ; 楊雅琪譯. -- 初版. -- 臺北市 : 臺灣角川, 2020.04
冊 ; 公分. -- (Kadokawa fantastic novels)
譯自 : 公爵令嬢の嗜み
ISBN 978-957-743-684-9(第6冊 : 平裝)

861.57 109001879

Kadokawa
Fantastic
Novels

公爵千金的本領 6 公爵夫人的本領

（原著名：公爵令嬢の嗜み 6 公爵夫人の嗜み）

2020年4月9日　初版第1刷發行

作　　者：澪亞
插　　畫：双葉はづき
譯　　者：楊雅琪

發 行 人：岩崎剛人
總 經 理：楊淑媄
資深總監：許嘉鴻
總 編 輯：蔡佩芬
編　　輯：黃怡珮
美術設計：李思穎
印　　務：李明修（主任）、張加恩（主任）、張凱棋

發 行 所：台灣角川股份有限公司
地　　址：105台北市光復北路11巷44號5樓
電　　話：（02）2747-2433
傳　　真：（02）2747-2558
網　　址：http://www.kadokawa.com.tw
劃撥帳戶：台灣角川股份有限公司
劃撥帳號：19487412
法律顧問：有澤法律事務所
製　　版：尚騰印刷事業有限公司
ISBN：978-957-743-684-9